Accords parfaits

NATSUKI TAKAYA

Sommaire

Accord parfait .... page 3
Ding dong .... page 47
La voix de mon cœur .... page 79
Double jeu .... page 125
La princesse des ténèbres - Spécial : Ceux qui ont des ailes .... page 165

Accord
parfait

PRAIRIE FLEURIE À MA FAÇON
Vous aimez ?
J'avais très envie de dessiner des fleurs (rires) ! Ou plus exactement des jeunes filles en fleurs, mais est-ce que je m'exprime vraiment de cette manière ? On dirait plutôt le langage de Shiguré, non ?! (Rires)

LA PLUIE DE JUIN QUI TOMBE DOUCEMENT ...
ÉGRÈNE UNE TRISTE MÉLODIE
ALORS C'EST SÛR, VOUS ALLEZ JOUER À LA FÊTE DU LYCÉE ? C'EST TROP GÉNIAL !
ON VA ENFIN POUVOIR ENTENDRE LA MUSIQUE DE TAKASHI ! C'EST BIEN DU ROCK, C'EST ÇA ?
perdu !
C'EST DE LA PURE POP !

* AU JAPON, LES CAMARADES DE CLASSE S'APPELLENT PAR LEUR NOM DE FAMILLE.

VOUS AVEZ VU LA TÊTE QU'IL FAIT ? VOUS ... VOUS CROYEZ QUE JE L'AI ÉNERVÉ ?
Takashi, Hiro ...
regardez ses yeux !
NON ! SON REGARD EST UN PEU SÉVÈRE, MAIS IL NE LE FAIT PAS EXPRÈS
EN FAIT, IL EST SOUVENT DANS LA LUNE ...
C'EST QUOI ...
CES TRACES DE PIEDS AU PLAFOND ? COMMENT ELLES ONT PU ARRIVER LÀ ?
TU MENS !
IL NOUS EN VEUT À MORT ! JAMAIS IL NE NOUS PARDONNERA !
EH !

BONG
HEIN ? DES TRACES DE PIEDS AU PLAFOND ? C'EST QUOI CE DÉLIRE ?!
TOI, LÀ ! JE TE PARLE !
ÉVITE DE FAIRE LA GUEULE QUAND IL Y A DES FILLES DANS LES PARAGES ! PIGÉ ?
...
pourquoi tu ne sais dire que des trucs absurdes ?!
laisse-le !
C'EST LA DIXIÈME FILLE QUE JE FAIS PLEURER DEPUIS MON ARRIVÉE AU LYCÉE
J'AI ÉTÉ CONVOQUÉ TROIS FOIS PAR LE PROVISEUR ...
ET UNE FOIS DES ÉLÈVES M'ONT CHERCHÉ DES NOISES
IL NOUS REGARDE ?!
VOUS ME CHERCHEZ OU QUOI ?
J'AI PEUR !
JE SAIS TRÈS BIEN CE QUI PROVOQUE CES RÉACTIONS
uniforme d'hiver
C'EST L'EXPRESSION DE MON VISAGE... MAIS JE N'Y PEUX RIEN, JE SUIS NÉ AVEC CETTE TÊTE-LÀ ! ET COMME EN PLUS, JE NE SUIS PAS TRÈS CAUSANT, ÇA DÉRANGE
JE VEUX BIEN CHANGER, MAIS ÇA NE SE FERA PAS EN UN JOUR
ET CEUX QUI GLOUSSENT TOUT LE TEMPS ? JE TROUVE PAS ÇA MIEUX !
TAKASHI !
bras de Takashi

ELLE ?
JE VAIS À LA RÉUNION DU COMITÉ D'ORGANISATION DE LA FÊTE ... MAIS AVANT, JE VOUDRAIS SAVOIR SI VOUS AVEZ ...
DES DEMANDES PARTICULIÈRES, POUR VOTRE GROUPE ?
CETTE FILLE, C'EST ANZU NAKATA, UNE COUSINE DE TAKASHI
ET JE DOIS VOUS DIRE QUE D'AUTRES ÉLÈVES, DES DEUXIÈME ANNÉE, VONT AUSSI JOUER À LA FÊTE
ILS PRÉFÈRENT PASSER EN DERNIER, EST-CE QUE ÇA VOUS GÊNE ?
ben
je vois ...
C'EST LES VIEUX QUI COMMANDENT, C'EST ÇA ?
MAIS SI ON N'ACCEPTE PAS, ILS RISQUENT DE NOUS EN VOULOIR ...
hum
BOF, ON S'EN FOUT ! ON N'EST QUE DEUX GROUPES, ET IL FAUT BIEN QU'IL Y EN AIT UN QUI COMMENCE
ATSUSHI, ÇA TE VA SI ON JOUE EN PREMIER ?
IL DIT QUE TANT QU'IL PEUT CHANTER, IL SE FICHE DE L'ORDRE DE PASSAGE
...
MERCI TAKASHI, POUR LA TRADUCTION !

OUI, TOUT CE QUI COMPTE, C'EST DE POUVOIR CHANTER
ET TOI, ANZU ? TU VAS BIEN ?
TOUT SE PASSE COMME TU VEUX ?
... OUI, OUI
ÇA VA !
IL PARAÎT ...
JE VOUS LAISSE, LA RÉUNION VA COM-MENCER
QU'ELLE A DU MAL À S'INTÉGRER DANS SA CLASSE
JE ME SOUVIENS DE L'AVOIR CROISÉE UNE FOIS, CHEZ TAKASHI
ON VENAIT JUSTE D'ENTRER AU COLLÈGE
C'EST MA COUSINE !
sa couleur naturelle
SALUT !
ELLE SEMBLAIT SI HEUREUSE, CE JOUR-LÀ ...
MAIS DEPUIS QU'ELLE EST AU LYCÉE ...

ELLE EST TOUJOURS SEULE, ET GARDE SANS CESSE LES YEUX BAISSÉS
À LA FIN DU COLLÈGE, ELLE A COMMENCÉ À ÊTRE VICTIME DE BRIMADES …
CERTAINS ÉLÈVES LA TROUVAIENT TROP SOURIANTE
ILS L'ONT PRISE POUR UNE FILLE FACILE, C'EST EN TOUT CAS LE BRUIT QU'ILS ONT FAIT COURIR SUR ELLE
ÉVIDEMMENT, CETTE HISTOIRE L'A TRAUMATISÉE, DU COUP, MAINTENANT, ELLE SE MÉFIE DES AUTRES …
LES BRIMADES, ÇA CRAINT VRAIMENT … ÇA TE DÉTRUIT, ET PARFOIS POUR UN BOUT DE TEMPS !
ELLE PRÉFÈRE RESTER DANS SON COIN ET GARDER LA TÊTE BASSE, POUR QU'ON NE VOIT PAS SON VISAGE
ATSUSHI, TU VIS UN PEU LA MÊME CHOSE, NON ? TOI AUSSI, LES GENS TE JUGENT SUR TON EXPRESSION, MAIS TU LES IGNORES …
ET C'EST TA GRANDE FORCE !
CE QUI NE SIGNIFIE PAS QUE LEUR ATTITUDE ME LAISSE INDIFFÉRENT
ON Y VA ? O.K. !

MAIS POUR ELLE, ÇA DOIT ÊTRE TERRIBLE ...
DE GARDER CONSTAMMENT LES YEUX BAISSÉS, EN CLASSE COMME AILLEURS
AU MOINS, MAINTENANT JE SAIS D'OÙ LUI VIENT CETTE TRISTESSE
MAIS PEUT-ÊTRE QU'EN MONTRANT NOS BLESSURES INTÉRIEURES ...
ON SE SENTIRAIT MOINS VULNÉRABLES ...
ET LES AUTRES HÉSITERAIENT DAVANTAGE À NOUS FAIRE DU MAL

QUAND TAKASHI M'A DIT QU'ELLE ÉTAIT DANS NOTRE LYCÉE, ÇA M'A FAIT PLAISIR ...
PARCE QUE J'AVAIS TRÈS ENVIE DE LA REVOIR
ELLE N'A PAS TOUJOURS ÉTÉ ABATTUE ...
ET EFFRAYÉE PAR LE MONDE EXTÉRIEUR
MAIS JE NE M'ATTENDAIS PAS À CETTE ATTITUDE SOUMISE
J'ESPÉRAIS LA RETROUVER SOURIANTE ET RADIEUSE
HIIIII !
ATSUSHIIIIII ! ♡
CHOP
VOUS ALLEZ JOUER CE MORCEAU, À LA FÊTE ?
j'ai deviné ?
TU SENS MES SEINS CONTRE TOI ? TU LES SENS, DIS ?
HEP ! L'ALLU-MEUSE !

fait chaud, ici !
VOUS SAVEZ, JE ME DEMANDAIS SI CETTE CHANSON N'ÉTAIT PAS UN PEU SOMBRE …
APRÈS TOUT, C'EST POUR UNE FÊTE, TOUT DE MÊME, NON ?
JE SAIS BIEN QUE LES COMPOSITIONS D'ATSUSHI SONT MÉLANCOLIQUES, MAIS SERAIT-IL POSSIBLE DE JOUER UN MORCEAU EUH… UN PEU PLUS ÉNERGIQUE ?
et avec un jeu de scène ?
ARRÊTE DE T'INCRUSTER EN PLEINE RÉPÉTITION, O.K. ?!
TOI, LA FERME !!
QUI VOUS LOUE CE STUDIO À MOITIÉ PRIX, HEIN ?! T'AS OUBLIÉ ?!
et n'espère pas me toucher les seins un jour !
comme si ça m'intéressait !
DÉFENSE DE FUMER
TU VEUX DIRE UN TRUC PLUS ROCK ?
toi, je te cause plus
mmh…
C'EST PEUT-ÊTRE PAS UNE MAUVAISE IDÉE… TIENS, L'AUTRE GROUPE, ILS SONT TRÈS ROCK
je vois
ah …
IL NE FAUT PAS QU'ON PERDE LE PUBLIC AVANT LEUR ENTRÉE EN SCÈNE, SINON, ILS VONT INSINUER QUE, BEN …
et ce serait gênant
?!
sourire éclatant
grand geste
saut dans le vide

Accords parfaits

\- 1 -

Bonjour et bienvenue à celles et ceux qui ne me connaissent pas encore, je me présente, je suis Natsuki Takaya !
Vous tenez entre les mains mon premier recueil de nouvelles, et, comment dire...

AÏE AÏE AÏE !!

Hum, enfin c'est quand même sympa de voir publiés ensemble des récits récents et d'autres plus anciens.
En les relisant, je sens que, même si j'étais encore très jeune à l'époque (forcément !), je faisais mon boulot du mieux que je pouvais. C'est émouvant mais malgré tout, je suis un peu gênée par ma maladresse passée.
J'imagine la scène :
la Takaya d'aujourd'hui, disant à celle d'alors, déjà passionnée de manga :
"dans x années, ce que tu dessines en ce moment sera publié en recueil"
... eh bien, quelle tête j'aurais fait !
(rires)
J'aurais sans doute pleuré de joie, sans pouvoir m'arrêter, un peu comme une fontaine !
(rires)

OUI, POURQUOI PAS ...
UNE CHANSON BIEN ROCK ?
SSLAC
PLIP
PLIP
AH ...
...
HEIN ?
OH
VAS-Y, JE T'EN PRIE
...
ELLE VIENT MANGER ICI, SANS DOUTE POUR RESTER SEULE
Atsushi avait besoin de prendre l'air

J'AIMERAIS LUI PARLER, MAIS ELLE EST EN TRAIN DE LIRE, JE RISQUE DE LA DÉRANGER ...
EN PLUS, JE N'AI AUCUNE CONVERSATION. J'AURAIS DÛ DEMANDER À TAKASHI CE QUI L'INTÉRESSAIT
MMH
TIENS, TIENS ! MAIS C'EST ATSUSHI TAKAHASHI !
SANS BLAGUE ! ALORS C'EST LUI, LA STAR ?!
D'OÙ ILS SORTENT, CEUX-LÀ ?
REGARDE-MOI CET AIR MÉPRISANT ! PAS DE DOUTE, C'EST LUI !
HÉ ! ON VOULAIT TE REMERCIER DE JOUER EN PREMIÈRE PARTIE DE *NOTRE* CONCERT !
AH, ILS FONT PARTIE DE L'AUTRE GROUPE ...
MAIS TU FAIS DE LA POP, AVEC CETTE TÊTE DE VOYOU ? C'EST BIZARRE !
OU ALORS TU TE PRENDS POUR DORIKAM* ?
CECI DIT, FAUT DU CRAN POUR OSER ROUCOULER DES CHANSONS DE FEMMELETTE !
JUSTE UN TRUC : PENDANT LE CONCERT, TÂCHE DE NE PAS FAIRE FUIR LES GENS AVEC TES BERCEUSES À LA NOIX !!
* ABRÉVIATION DE "DREAMS COME TRUE", GROUPE DE J-POP CRÉÉ EN 1988.

C'EST AINSI QUE CES TYPES-LÀ VOIENT LES CHOSES ?
PAF
MOI J'AI TENDANCE À CROIRE...
QUE LES VRAIES FEMMELETTES...
CE SONT LES CRÉTINS JUSTE BONS À ROULER DES MÉCANIQUES
QUOI ?!
HÉ ! VOUS DEUX !!
ENFIN, JE VOUS TROUVE !!
ALORS, ON OSE SÉCHER MON COURS ?!
FFH FFH
HAA
AAAH !
VITE, TIRONS-NOUS !
REVENEZ-ICI !
TAP TAP TAP
SES MAINS TREMBLENT
EST-CE QU'ELLE...
AURAIT AGI AINSI...

UNIQUEMENT POUR ME PROTÉGER ? MAIS OÙ A-T-ELLE TROUVÉ UN TEL COURAGE ?
JE ...
J'AIME BEAUCOUP ...
TES CHANSONS
LES PAROLES QUE TU ÉCRIS ...
SONT PLEINES D'ATTENTION ET DE RESPECT POUR LES AUTRES
TA MUSIQUE EST TENDRE ET SENSIBLE
JE SUIS MÊME TENTÉE, PARFOIS, EN L'ÉCOUTANT, DE PENSER QUE LES GENS NE SONT PAS SI MAUVAIS
TU NE PARLES PAS BEAUCOUP ...
ET POURTANT ...
JE CROIS QUE TU AS ÉNORMÉMENT DE CHOSES À EXPRIMER ... ET J'AI L'IMPRESSION QUE C'EST CE QUE TU FAIS À TRAVERS TES CHANSONS

JE TE SOUHAITE BONNE CHANCE POUR LE CONCERT ...
TAP
...
ÇA ALORS ... JE N'EN REVIENS PAS !
CLAP
TAP TAP TAP
C'EST VRAI QUE JE NE TROUVE PAS MES MOTS ET QUE J'AI UNE DRÔLE DE TÊTE
MAIS AU MOINS, AVEC MES CHANSONS, JE TOUCHE LE CŒUR DES GENS SANS QU'ILS SE SOUCIENT DE MON APPARENCE
C'EST BIEN POUR CETTE RAISON QUE J'AIME CHANTER !
PEUT-ÊTRE QU'ON NE ME COMPREND PAS ...
MAIS LA MUSIQUE ME DONNE LA FORCE DE CONTINUER À AVANCER
NAKATA, SI TU SAVAIS ...
COMMENT POURRAIS-JE TE REMERCIER ?
JE SUIS TELLEMENT HEUREUX, APRÈS CE QUE TU M'AS DIT !
À QUEL POINT JE T'ADMIRE !

J'AIMERAIS TANT ...
QUE TU RETROUVES TA JOIE DE VIVRE D'AUTREFOIS
Takashi lui a fait écouter ?
AINSI, ELLE CONNAÎT NOS CHANSONS ? COMMENT ÇA SE FAIT ?
ET PUIS TU ES LA PREMIÈRE PERSONNE ...
QUI N'A PAS HÉSITÉ, MALGRÉ MON VISAGE INEXPRESSIF ...
À ME SOURIRE
DONC ...
FINALEMENT, PAS DE ROCK, C'EST ÇA ?
oui oui
MOI AUSSI, JE CROIS QUE C'EST MIEUX. J'AI PEUR QUE SI ON CHANGE DE STYLE AU DERNIER MOMENT, ÇA NE FONCTIONNE PAS

AYONS CONFIANCE EN NOTRE MUSIQUE
ATSUSHI, MON AIMÉ, SAURAS-TU UN JOUR ME PARDONNER ?
NAKATA M'A FÉLICITÉ !
EH ! POURQUOI NE PAS COMPOSER UNE BALLADE ?
TU PENSES POUVOIR ÉCRIRE RAPIDEMENT LES PAROLES DE LA TROISIÈME CHANSON ?
AVEC DEUX, CE SERAIT UN PEU COURT !
LES FILLES VONT ADORER !
QUELLE GIROUETTE ! TU DIS EXACTEMENT LE CONTRAIRE DE TOUT À L'HEURE !!
ET ALORS ? JE RÉFLÉCHIS, MOI ! PAS COMME CERTAINS !!
J'AIME BEAUCOUP TES CHANSONS
SI SEULEMENT...
JE POUVAIS LUI APPORTER ...
UN PEU DE JOIE GRÂCE À MA MUSIQUE

PEUT-ÊTRE QUE SI JE CHANTE POUR ELLE ...
ELLE RELÈVERA LA TÊTE ET ...
RETROUVERA ENFIN LE SOURIRE ?
...
EUH ... DIS, ON PEUT MANGER ...
ENSEMBLE ?
bien sûr
AH !
ATTENDS, JE PRENDS MON DÉJEUNER
CETTE NAKATA, ELLE M'AGACE !
TOUJOURS À MATER SES GODASSES !
C'EST INCROYABLE CE QU'ELLE ME TAPE SUR LES NERFS !

J'AI L'IMPRESSION DE LUI AVOIR DIT UN TRUC DE TRAVERS, ALORS QUE JE NE LUI AI RIEN FAIT !
MAIS ...
MOI, J'AI ENTENDU DIRE ...
QU'ON L'AVAIT EMBÊTÉE, AU COLLÈGE
!
BEN IL DEVAIT SÛREMENT Y AVOIR UNE RAISON !
ET PUIS, DE TOUTE FAÇON, CETTE NANA N'A AUCUNE PERSONNALITÉ !
NON !
JE T'EN PRIE ...
NE LES ÉCOUTE PAS !
non non
...

!
AH !!
oh non ! je l'ai fait pleurer !!
PARDON ! JE ...
PAR...
CE N'EST RIEN ...
JE ...
JE SAIS QUE JE NE DEVRAIS PAS ADOPTER CETTE ATTITUDE ...
MAIS JE NE SAIS PLUS QUOI FAIRE !
LES BRIMADES, ÇA TE DÉTRUIT, ET PARFOIS POUR UN BON BOUT DE TEMPS !
J'AI ...
TELLEMENT HONTE DE MOI !

...
ET POURTANT, TU N'AS ...
AUCUNE RAISON D'AVOIR HONTE
ILS M'ÉNERVENT ...
CES DEUX-LÀ !
C'EST GONFLANT !
OUAIS, C'EST LOURD !
et même super gonflant

MAIS PERSONNE D'AUTRE QUE MOI ...
NE CONNAÎT LE SOURIRE ...
QUI SE CACHE DERRIÈRE CES CHEVEUX
bla bla
bla
PLIP
ah
TAKA-HASHI ...
JE TE REMERCIE D'AVOIR DÉJEUNÉ AVEC MOI, HIER MIDI

ELLE N'A PAS PU ENTRER DANS SA CLASSE APRÈS CE QU'ELLE Y A ENTENDU
COMME ELLE N'A PAS PU PRENDRE SON REPAS, ATSUSHI A PARTAGÉ LE SIEN AVEC ELLE
LA JOIE ME PÉTRIFIE !!
TU RÉFLÉCHISSAIS À UNE MÉLODIE ?
petits gâteaux
ET DONC, JE ME SUIS DIT QUE PEUT-ÊTRE ...
ÇA TE FERAIT PLAISIR, ALORS VOILÀ, C'EST POUR TOI
NON ?
COMME TU AVAIS LES YEUX FERMÉS, J'AI CRU QUE ... AH, EXCUSE-MOI
hon hon
D'HABITUDE, ON ME DEMANDE TOUJOURS POURQUOI JE FAIS LA TÊTE
OH, CE BRUIT ... C'EST LA PLUIE ?
PLIP
PLIP
PLIP

AH ...
ON DIRAIT ... LE CHANT DE LA PLUIE
S'IL TE PLAÎT ...
SOURIS-MOI
JE NE TROUVERAI PAS LES MOTS POUR TE RÉCONFORTER ...
MAIS ...
ÉCOUTE MA CHANSON ! PEUT-ÊTRE SAURA-T-ELLE TE FAIRE SOURIRE ...
MÊME JUSTE UN PEU ...

POUR TOI, JE CHANTERAI JUSQU'À EN PERDRE LA VOIX
C'EST LES PAROLES ?
MONTRE-MOI ...
...
MAIS TU PARLES D'ANZU, LÀ ! JE ME TROMPE ?
HUM, OUI, C'EST CLAIR COMME DE L'EAU DE ROCHE !
hu hu hu !
DIS DONC, TOI, NE ME DIS PAS QUE TU ES AMOUREUX D'ELLE ?!
...
OUH OUH !
CE GARÇON EST TELLEMENT TOUCHANT ! J'EN SUIS TOUT RETOURNÉ !!
c'est trop mignoooon !
?
CLAC
HÉ ! NE M'ATTENDEZ PAS, IL ME RESTE ENCORE DES BRICOLES À FINIR AVANT LA FÊTE !

QUOI-?!
ON N'A LE STUDIO QUE JUSQU'À VINGT HEURES ?
BEN OUI, MOI APRÈS, J'AI UN RENDEZ-VOUS ET ...
MAIS ON N'EST PAS AU BOULOT !
POURVU ...
QUE MA CHANSON ...
LA FASSE ...
ENFIN SOURIRE !
C'EST CE QUE JE SOUHAITE LE PLUS AU MONDE
ZUT ! IL EST TARD !
LE BUS VA ÊTRE BONDÉ ...
SAF
?!
DEVINE QUI C'EST ?
EH BEN, QUELLE COÏNCIDENCE !
POURQUOI TU NE VIENDRAIS PAS T'AMUSER AVEC NOUS, HEIN ?

TU SAIS, ATSUSHI ...
ÇA ME FAIT PLAISIR QUE ANZU ET TOI VOUS SOYEZ AMOUREUX
?
EN FAIT, C'ÉTAIT UN PEU ÉNERVANT DE VOUS VOIR COMME ÇA, TOUS LES DEUX, TOUT COINCÉS
ÇA DATE DE QUAND ? HEIN ? DIS ?
une question !
...
...
BON, TU ME RÉPONDRAS QUAND TU SERAS REDESCENDU SUR TERRE, O.K. ?
VLAM
BLANG
PAF PAF
MAIS ...
C'EST QUOI CE BOUCAN ?
une baston ?
!
PAM

...
BAH, T'ÉNERVE PAS ! ON SE MARRE UN PEU, C'EST TOUT !
QU'EST-CE QUE TU CROIS ? ON FERAIT PAS DE MAL À UNE MOUCHE !
HÉ !
VOUS FAITES QUOI, LÀ, EXACTEMENT ?
ON S'AMUSAIT JUSTE UN PEU AVEC ...
LA PETITE AMIE DE TAKAHASHI !

BOM !
SCRA
AH LÀ LÀÀÀ ...
SH
LES GARS, VOUS ÊTES ...
DANS LE PÉTRIN ! PARCE QUE QUAND ATSUSHI CRAQUE ...
?!
IL DEVIENT TOTALEMENT INCONTRÔLABLE ! ET C'EST RIEN DE LE DIRE !!

ATTENDS ... ON ...
AAAAHH !
BLANG
CRAC
SPAF
JAMAIS JE N'AURAIS IMAGINÉ ...
QU'ELLE SERAIT EN DANGER À CAUSE DE MOI !
JE SOUHAITAIS JUSTE QU'ELLE SOIT DE NOUVEAU HEUREUSE !
QUEL IMBÉCILE ! EN RÉALITÉ, JE N'AI FAIT QUE LUI APPORTER DES ENNUIS !
JE NE SUIS QU'UN CRÉTIN ...
JE ME DÉTESTE ...
ET MES CHANSONS NE VALENT PAS MIEUX QUE MOI !
PEU IMPORTE LE MOTIF DE VOTRE DIFFÉREND ...
TAKAHASHI A SÉRIEUSEMENT BLESSÉ LES DEUX AUTRES ÉLÈVES
EN CONSÉQUENCE, LE CONCERT EST ANNULÉ !
À PRÉSENT IL VAUT MIEUX ...
TU TE RENDS COMPTE ? TAKAHASHI LES A ÉCLATÉS !
QUELLE HORREUR !
ILS SE SERAIENT DISPUTÉS SUR L'ORDRE DE PASSAGE, POUR LE CONCERT... ENFIN, C'EST CE QUE J'AI ENTENDU DIRE

QUE JE RESTE ENFERMÉ CHEZ MOI POUR LE RESTE DE MON EXISTENCE !
ALLÔ, L'EXCLU DU BAHUT ?
ÉCOUTE DONC, TU VAS BIENTÔT ÊTRE RÉINTÉGRÉ !
ANZU A TOUT RACONTÉ AUX PROFS
OUI, ELLE VA BIEN ...
MÊME SI SES HABITS SONT BONS POUR LA POUBELLE
ELLE ÉTAIT CHOQUÉE, MAIS TRÈS VITE, ELLE EST DEVENUE FURAX !
ET AUJOURD'HUI, LORSQUE LES GARS DE DEUXIÈME ANNÉE SONT REVENUS AU LYCÉE ...
ELLE LEUR A CARRÉMENT TAPÉ DESSUS !
C'EST MA FAUTE, MAIS C'EST ENCORE PLUS LA VÔTRE ...
SI LE CONCERT DE TAKAHASHI A ÉTÉ ANNULÉ !
ANZU, CALME-TOI, S'IL TE PLAÎT
MAIS ILS L'ONT EMPÊCHÉ DE CHANTER !

ILS ONT FAIT DU MAL ... À TAKAHASHI !
TU SAIS, ANZU A TOUJOURS ADORÉ TA MUSIQUE ... À L'ÉPOQUE OÙ D'AUTRES ÉLÈVES S'EN SONT PRIS À ELLE, AU COLLÈGE ...
JE LUI AI OFFERT UNE CASSETTE DE TES CHANSONS ET ELLE N'A PLUS ÉCOUTÉ QUE ÇA !
ELLE NE VOULAIT PAS QUE TU SACHES QU'ELLE ÉTAIT VICTIME DE BRIMADES, PARCE QU'ELLE AVAIT HONTE
C'EST LUI QUE TU M'AS PRÉSENTÉ, L'AUTRE JOUR ?
IL A DU TALENT !
EN TOUT CAS, S'IL Y A UNE PERSONNE QUI ATTENDAIT CE CONCERT AVEC IMPATIENCE, C'EST BIEN ELLE !
ALORS TU VOIS, CE N'EST PAS LE MOMENT DE BAISSER LES BRAS !
MAIS MAINTENANT, ELLE EST ENCORE PLUS PROSTRÉE QU'AVANT ...
HÉ, TU M'ÉCOUTES ?
ATSUSHI ? TU ES LÀ ?

J'AIME BEAUCOUP ...
TES CHANSONS ...
QUAND JE LES ÉCOUTE, JE SUIS TENTÉE DE CROIRE QUE LES GENS NE SONT PAS SI MAUVAIS
BONNE CHANCE !
AI-JE VRAIMENT UNE SEULE BONNE RAISON ...
JE TE SOUHAITE BONNE CHANCE !
PLIP
D'ÊTRE FIER DE MES CHANSONS ?
HA HA HA

PLIP
TAKAHASHI ?
PLIP
TU AS PU REVENIR PLUS VITE AU LYCÉE ?
oui ?
PLIP
EUH ...
ATTENDS !
...
SAp
PLIP
PLIP
AH ...
C'EST ...
UN PEU ...
PLIP PLIP
EUH ...
JE SUIS TELLEMENT DÉSOLÉE ...
POUR L'ANNULATION DU CONCERT !

PLIP
PLIP
ET AUSSI, POUR TON RENVOI TEMPORAIRE ...
J'AI EXPLIQUÉ AUX PROFESSEURS CE QUI S'ÉTAIT PASSÉ ET ...
JE NE SAIS PAS COMMENT M'EXCUSER ...
JE ... JE TE DEMANDE PARDON
PLIP
PLIP
D'ACCORD, MAIS ...
SEULE-MENT SI TU ÉCOUTES CETTE CHAN-SON

VOUS ENTENDEZ ? QUELQU'UN CHANTE !
C'EST VRAI !
OUAH ! QUELLE VOIX !
SI À PRÉSENT...
JE ME SENS PRÊT À AIMER QUELQU'UN ...
CETTE CHANSON ... C'EST CELLE D'ANZU
C'EST DEPUIS CE JOUR OÙ JE T'AI APERÇUE ...
TON VISAGE SE REFLÉTAIT DANS LE SOLEIL COUCHANT ...
ET J'AI SENTI EN MOI MONTER LES LARMES, DU FOND DE MON CŒUR
VOILÀ QU'APRÈS TOUT CE CHEMIN, JE TE RETROUVE ENFIN ...
ET JE SUIS LÀ, AUJOURD'HUI, POUR T'OFFRIR DANS UN SOUFFLE ...

CETTE MUSIQUE, À TON IMAGE, DOUCE ET UNIQUE
NON ... NON !
CE N'EST PAS CELLE QUE TU ÉCOUTAIS AUTREFOIS ...
C'EST ... C'EST TROP ...
MAIS UNE CHANSON D'AMOUR ÉCRITE RIEN QUE POUR TOI
J'AI L'IMPRESSION DE VIVRE UN RÊVE !

C'EST MÊME ... PLUS BEAU QU'UN RÊVE !
ÇA Y EST !
ENFIN, REVOILÀ ...
L'ÉCLAT DE SON SOURIRE !
...
C'EST ÇA ...
QU'ON APPELLE ...
TOUCHER LE CIEL DU BOUT DES DOIGTS ?
POUR MOI AUSSI ...

C'EST ...
AU-DELÀ DE TOUS MES RÊVES !
JE SUIS VENU TE DIRE...
CES QUELQUES MOTS ...
COMME UNE PLUIE FINE DE JUIN...

S'ÉGRÈNENT, NOTE À NOTE, SUR TES DOUCES ÉPAULES ...
JUSQU'À TOUCHER TON CŒUR
VOUS JOUEZ DANS UNE LIVE-HOUSE, PENDANT LES VACANCES D'ÉTÉ ?

OUI, D'AILLEURS NE TE PRIVE PAS D'ACHETER DES BILLETS !
quelle chaleur !
J'ÉTAIS TROP DÉÇUE DE NE PAS POUVOIR T'ENTENDRE À LA FÊTE DU LYCÉE !
ÇA M'A MÊME DÉPRIMÉE, TU SAIS ...
EUH ...
pourquoi elles s'enfuient ?
DIS DONC, TOI ...
AH ! ÇA ALORS !
QU'EST-CE QUE TU REGARDES ?
IL Y A DES TRACES DE PAS AU PLAFOND !
QUOI ?!
QUEL-QU'UN A DÛ LANCER SES CHAUSSURES ...
mmh
ENCORE CE DÉLIRE ?! AH MAIS ÇA SUFFIT !!

Accord parfait / fin

Ding Dong

C'EST À LA FIN DE L'AUTOMNE, QUE PAPA EST MORT DANS UN ACCIDENT DE VOITURE ...
NOUS LAISSANT, SA JEUNE ÉPOUSE SHIZUKO, ET MOI, SA FILLE ...
SEULES AU MONDE
AH ! NON ! C'EST PAS VRAI !
JE VAIS ENCORE ÊTRE EN RETARD !!
CHISATO, TON PETIT DÉJEUNER EST ...
DÉSOLÉE, JE N'AI PAS LE TEMPS DE MANGER !
ah là là
ZUT
JE VOIS ÇA ...

MAIS N'OUBLIE PAS DE SALUER TON PÈRE AVANT DE PARTIR, D'ACCORD ?
SHAC
PAPA ...
MA MÈRE, LA PREMIÈRE FEMME DE MON PÈRE, EST MORTE JEUNE ... C'EST DONC LUI, TOUT SEUL, QUI M'A ÉLEVÉE
JE PENSE À TOI, TU SAIS ... TU ES TOUJOURS AVEC MOI

MAIS MON PÈRE S'EST SURTOUT CONSACRÉ À SON TRAVAIL
C'ÉTAIT UN HOMME AUSTÈRE, JE L'AI D'AILLEURS RAREMENT VU SOURIRE ...
JE SAIS, POURTANT, QU'IL ESPÉRAIT COMMENCER UNE NOUVELLE VIE AUPRÈS DE SHIZUKO
JE TE PRÉSENTE SHIZUKO, C'EST LA JEUNE FEMME DONT JE T'AI PARLÉ ...
ET AVEC QUI JE SOUHAITE ME MARIER
TU N'ES PAS ENCORE PARTIE ?
OUPS!

PASSE UNE BONNE JOURNÉE, CHISATO !
MERCI, TOI AUSSI !
CLAP
SHIZUKO ...
LA VOICI VEUVE APRÈS SEULEMENT TROIS MOIS DE MARIAGE, ET COMME ELLE A TOUTE LA VIE DEVANT ELLE ...
VA SANS DOUTE BIENTÔT QUITTER LA MAISON
"TU VEUX BIEN QUE JE SOIS TA DEUXIÈME MAMAN" ?
ELLE NE VA PAS S'OCCUPER DE MOI, ALORS QUE JE NE SUIS RIEN POUR ELLE ...

SHHHH
TAP
TU AS FAIT LA GRASSE MATINÉE ?
TAKAHIRO !
tu tombes bien !
S'IL TE PLAÎT, TU PEUX M'EMMENER À LA GARE ?
QUOOOO !?
TU ES ENCORE AU COLLÈGE, TU DOIS DONC OBÉIR À TON AÎNÉE !
non mais !
JE TE RAPPELLE QU'ON N'A QU'UN MOIS ET DEMI DE DIFFÉRENCE ! ÇA NE TE DONNE PAS LE DROIT DE ME COMMANDER !
en plus, tu es beaucoup plus petite que moi !
NÉ UN 17 AVRIL
NÉE UN 24 FÉVRIER
hé hé hé !
MON PAUVRE ! POURTANT, TEL EST TON DESTIN, ALORS RÉSIGNE-TOI !

COFFEE
COFFEE
TIENS, UN SAPIN !
AH C'EST VRAI QUE C'EST BIENTÔT NOËL !
QU'EST-CE QUE TU RACONTES ?
ÇA FAIT UN MOMENT QUE LA PLANÈTE ENTIÈRE A SORTI LES DÉCORATIONS !
ET APRÈS ? CE N'EST PAS MON PROBLÈME !
MA PRIORITÉ, C'EST DE NE PAS ÊTRE EN RETARD ! NOËL OU PAS NOËL, JE M'EN FICHE ! ALORS PÉDALE !!
allez, plus vite !
secoue
GRRR, JE VAIS TE ...
SHAC SHAC
OUI, ÇA M'EST ÉGAL
NOËL, CHEZ MOI, ON NE L'A JAMAIS FÊTÉ ...
TOUT COMME MON ANNIVERSAIRE ...

CHAQUE ANNÉE, JE RECEVAIS DES CADEAUX DE MA GRAND-MÈRE PAR LA POSTE
TOC
MAIS MON PÈRE, LUI ...
!
NE M'A JAMAIS RIEN OFFERT, POURTANT ÇA M'AURAIT TELLEMENT FAIT PLAISIR !
...
BONJOUR !
IL ÉTAIT SI DISTANT ...

CE VISAGE …
TOUJOURS PERPLEXE …
ET EMBARRASSÉ …
PAPA …
POURQUOI CETTE GÊNE AVEC MOI ?
SHIZUKO ?
QU'EST-CE QUE TU FAIS ?
EH BIEN …
J'AI EU ENVIE …
DE REGARDER LES VESTES DE TON PAPA

CETTE TACHE, LÀ ...
TU TE SOUVIENS ? IL FAISAIT SOUVENT TOMBER DE LA NOURRITURE EN MANGEANT ...
SHIZUKO N'EST PAS UNE PERSONNE COMME LES AUTRES ...
C'EST LÀ LA FEMME ...
QUI AIMAIT MON PÈRE

- 2 -

En fait, à part *La Princesse des ténèbres* et *Accord parfait*, les autres histoires ne datent pas d'hier, alors je ne sais pas trop quoi en dire ! (rires)
En revanche, je vous avoue que lorsque je dessinais *La Princesse*... je n'étais pas au mieux de ma forme. J'avais constamment quarante de fièvre et j'ai sérieusement cru que je n'allais plus pouvoir dessiner ! Du coup, la relecture de ce manga me rappelait des souvenirs pénibles, et je refusais d'y jeter un œil, jusqu'à la parution du CD !
Et depuis, tout a radicalement changé, un vrai virage à 180° ! (rires)
J'ai même eu envie de m'écrier : "Merci, ô ténébreuse altesse ! Tu es ma sauveuse !!"

Quant à *Accord parfait*, l'histoire a pris un tour complètement différent par rapport au script original. Entre nous, je me suis beaucoup investie dans ce récit. Je l'ai dessiné juste après *Ceux qui ont des ailes*, et certaines personnes ont été surprises que je puisse raconter un autre genre d'histoire ! (ha ha ha !)
Avec le recul, je crois que la trame de *Accord parfait* est proche de celle de *La Voix de mon cœur*. La première en est la version pop, et la seconde, la version musique classique. Et je trouve le résultat plutôt sympa !

QUELLE HÉRÉSIE ! UN LYCÉE DE FILLES SANS GARÇONS, C'EST ...
TAIS-TOI ! MOI AUSSI JE TROUVE ÇA ...
NUL, MAIS BON, ON N'Y PEUT RIEN !
...
LA NEIGE !...
J'AIMERAIS TANT QU'ELLE TOMBE ...
EH, ÇA VA ?
AH !
BONSOIR, CHISATO !
LE DÎNER EST PRÊT !

GROOOU
OH !
TU AS CUISINÉ DU ODEN* ?
TU AIMES ÇA, JE CROIS, NON ?
C'EST UN EXCELLENT PLAT D'HIVER !
FSSSH
* POT-AU-FEU NIPPON, À BASE DE VIANDE ET DE LÉGUMES.
BLING
OH
attention ! tu vas encore te brûler !
aah !
zut !
TU ES SÛR ?
hum
NE T'INQUIÈTE PAS, JE VAIS ESSUYER, ÇA VA ALLER

FSSSH
HA HA HA
J'AI TELLEMENT ...

TELLEMENT ESPÉRÉ ...
MÊME UN SIMPLE REGARD DE LUI ...
BONJOUR ! VOUS ALLEZ BIEN ?
VOUS ÊTES LA MAMAN DE TAKAHIRO, N'EST-CE PAS ?
bonjour !
VOUS CROYEZ QU'IL VA NEIGER ? IL FAIT SI FROID !
OUI, ÇA NE DEVRAIT PAS TARDER ! EUH ...
EH BIEN, OUI, VOUS ÊTES SI JEUNE, AVEC UNE BELLE-FILLE DÉJÀ GRANDE ET ...
PUIS-JE VOUS DEMANDER CE QUE VOUS ALLEZ FAIRE MAINTENANT ?
PARDON ?
J'IMAGINE QUE VOUS PENSEZ À VOTRE AVENIR ...

LA PRÉSENCE DE CHISATO EST SANS DOUTE UNE CONTRAINTE POUR VOUS ... NON ?
VOUS SAVEZ, JE ...
OH, MON DIEU ...

J'EN ÉTAIS SÛRE …
EN FAIT …
J'AI TOUJOURS SU QUE ÇA FINIRAIT DE CETTE FAÇON
MAIS … MAIS NON !
AVEC TON PÈRE …
IL M'A … ENFIN, CHISATO, QU'EST-CE QUE TU VAS IMAGINER ?
TU SAIS QUE J'AI RAISON !
ÇA NE SERT À RIEN DE MENTIR …
OU ALORS, PROUVE-MOI QUE JE NE SUIS PAS UNE GÊNE POUR TOI … MAIS JE DOUTE QUE TU Y PARVIENNES

DEPUIS TOUJOURS, JE NE SUIS ...
QU'UN FARDEAU, N'EST-CE PAS ?
ET POURTANT ...
J'AI ATTENDU, ENCORE ET ENCORE
J'ESPÉRAIS TANT ...
QU'UN JOUR ...

MON PÈRE M'ACCORDE UN PEU D'ATTENTION ...
QU'IL ME TENDE LA MAIN ...
ET ME SOUHAITE ...
D'ÊTRE HEUREUSE !
CES MOTS ...
J'AURAIS AIMÉ LES ENTENDRE DE LUI, ET DE LUI SEUL !

PSSSH
BLA
IDI-
OTE !
BLA
BLA
BLA

TU NE VAS PAS ...
EN COURS ?
...
DIS ...
TU ES SÛRE QUE TON PÈRE SE FICHAIT VRAIMENT DE TOI ?
EH BIEN ...
GNN
IL NE S'EST JAMAIS INTÉRESSÉ À MOI ...
ET SHIZUKO NON PLUS, D'AILLEURS ...
LES RARES FOIS OÙ J'ESSAYE DE LUI PARLER, ELLE A TOUJOURS L'AIR MAL À L'AISE

JE CROIS QU'ELLE N'A JAMAIS AIMÉ QUE MON PÈRE ...
ET TOI, TU L'AIMAIS ?
TU PEUX ME LE PROUVER ?
OH OUI, BEAUCOUP ...
...

NON
...
JE N'AI AUCUN MOYEN
...
DE PROUVER CET AMOUR
!
JE SUIS RESTÉE LÀ, À ATTENDRE
...
OUI
...
JE N'AI RIEN FAIT
...

JE ME SUIS CONTENTÉE D'ESPÉRER ...
SEULE, EN SILENCE
CHISATO ?!
TU ES LÀ ! QUEL SOULAGEMENT ! LE LYCÉE M'A APPELÉE POUR ME SIGNALER QUE TU ÉTAIS ABSENTE ... DU COUP ...
J'ÉTAIS INQUIÈTE ! J'AVAIS PEUR QU'IL TE SOIT ARRIVÉ QUELQUE CHOSE ...

SHIZUKO, JE ...
J'AI TANT ESPÉRÉ ...
QU'IL ME VOIT
JE VOULAIS QU'IL ME REMARQUE ...
ET QU'IL PRENNE SOIN DE MOI
MAIS JE ME SUIS TROMPÉE, J'AURAIS DÛ AGIR !
À CAUSE DE MA PASSIVITÉ, IL NE RESTERA RIEN DE LUI ET MOI
J'AURAIS DÛ ...
L'ATTRAPER PAR LE BRAS, ET L'OBLIGER À ME REGARDER ...
ET PEU IMPORTAIT QUE CE SOIT DIFFICILE

J'AURAIS SIMPLEMENT DÛ LUI DIRE ...
...
CE QUE JE SOUHAITAIS DU FOND DU CŒUR ...
CHISATO ...
TON PAPA N'ÉTAIT PAS TRÈS DOUÉ POUR EXPRIMER SON AFFECTION ...
AVANT LA DISPARITION DE TA MAMAN, C'ÉTAIT ELLE QUI S'OCCUPAIT DE TOI
TON PÈRE SE CONSACRAIT À SON TRAVAIL, AUSSI ÇA A ÉTÉ TRÈS DUR POUR LUI QUAND IL A FALLU PRENDRE LE RELAIS ...
IL N'AVAIT AUCUNE IDÉE DE CE QU'IMPLIQUAIT L'ÉDUCATION D'UNE FILLETTE
MALGRÉ CELA ...

IL N'A JAMAIS VOULU TE CONFIER À TES GRANDS-PARENTS
JE NE ME SENS ...
VRAIMENT PAS À LA HAUTEUR, DANS MON RÔLE DE PÈRE !
ET POURTANT, TOUT CE QUE JE SOUHAITE C'EST SON BONHEUR
DIS-LUI ! POURQUOI TU NE PARLES PAS À TA FILLE ?
ce que tu peux être coincé !
OUI, TU AS RAISON ...
LAISSE-MOI TE MONTRER QUELQUE CHOSE, TU VEUX BIEN ?
j'y pense !
!
VIENS AVEC NOUS, TAKAHIRO ! JE VOUDRAIS QUE TU VOIES ÇA, TOI AUSSI ...
CAR C'EST TOUT SIMPLEMENT MAGNIFIQUE !
...

LE BUREAU DE PAPA ? MAIS ...
CLAC
ENTRE
MAINTENANT, OUVRE CE PLACARD
?
CRRR
AH ! QU'EST-CE QUE ...
SBADAM
DAM
TU VOIS CES PAQUETS ?
CE SONT LES CADEAUX QU'IL AVAIT ACHETÉS POUR TOI
...

MAIS ... IL Y EN A DES TONNES !
OUI, DES MONTAGNES DE CADEAUX ... QU'IL N'A JAMAIS RÉUSSI À T'OFFRIR ...
curieux, non ?
...
OH
OUI ... MAIS J'AI DU MAL À COMPRENDRE
C'EST MÊME COMIQUE !
ÊTRE TIMIDE À CE POINT, C'EST INCROYABLE !
HI HI HI
AH !
ALORS CETTE EXPRESSION QU'IL AVAIT ...
C'ÉTAIT JUSTE DE LA TIMIDITÉ ?
JE ...

JE NE VEUX PLUS QU'ON ME LAISSE TOUTE SEULE
...
ET JE NE VEUX PLUS ...
PLUS JAMAIS AVOIR DE REGRETS !

ALORS, ÇA TE PLAÎT ?
UN AUTEL BOUDDHIQUE VERSION NOËL
C'EST EUH ... ORIGINAL !
TU AS INVITÉ TAKAHIRO ?
OUI, MAIS IL BOUDE EN CE MOMENT
quel caractère !
hum
JE VOIS !
ÇA RASSURAIT TON PAPA DE LE SAVOIR PRÈS DE TOI
MAIS LUI ET MOI, ON EST JUSTE AMIS, POINT BARRE !
HA HA HA
ah mais atten-tion !
GRR GRR GRR
OUAAAAAH !
CETTE FOIS-CI ...
JE VAIS TOUT FAIRE POUR CONSTRUIRE ...
UN BONHEUR D'UNE BLANCHEUR DE NEIGE ...
ET PEU IMPORTE QU'IL SOIT ÉPHÉMÈRE !

NE T'INQUIÈTE PAS, JE NE TE LAISSERAI PAS QUITTER LA MAISON AUSSI FACILEMENT !
MAMAN, TU ...
ton père est d'accord avec moi !
!!
OUPS !
SALUT ! C'EST MOI !
LE BONHEUR SONNE À MA PORTE ...
OH LÀ LÀ AAA !
ET JE NE COMPTE PAS LE LAISSER PARTIR !
ARRÊTE UN PEU ! TU AS TRÈS BIEN ENTENDU !
HEIN ? QU'AS-TU DIT ?
S'IL TE PLAÎT !
REDIS-LE MOI !
NON ! DÉSOLÉE, J'AI OUBLIÉ !
qu'est-ce qui se passe ici ?
Ding Dong / fin

La voix de
mon cœur

PEUT-ÊTRE ENTENDRAIT-ON ENFIN ...
LA VOIX DE MON CŒUR ?
SI SEULEMENT JE POUVAIS DEVENIR UNE NOUVELLE PERSONNE ...
ET TOUT RECOMMENCER À ZÉRO ...

La voix de mon cœur

REGARDEZ !
LA DIRECTION A AFFICHÉ UN ARTICLE SUR LE CONCOURS DE L'AUTRE JOUR
DE MUSIQU
RÉVÉLATION AU CONCOURS RÉGIONAL
UN PREMIER PRIX AU TALENT VERTIGINEUX !
Shu Inagaki, 16 ans
OUAAAH !
BLA
TU AS VU ?
BLA
TU PARLES, C'EST PAS ÉTONNANT AVEC LES PARENTS QU'IL A !
BLA
ET LES PROFS LE POUSSENT COMME PAS POSSIBLE ! ILS SONT TELLEMENT FIERS D'AVOIR UN "VIRTUOSE" COMME ÉLÈVE !

ENCORE UNE FOIS ...
TOUTES MES FÉLICITATIONS, SHU ! TU AS ÉTÉ FORMIDABLE !
RECEVOIR LE PRIX À L'UNANIMITÉ, C'EST EXCEPTIONNEL ! PAS DE DOUTE ...
MERCI BEAUCOUP ...
TU ES BIEN LE DIGNE FILS DE TES PARENTS ! DEUX IMMENSES GÉNIES ...
MAIS TU LE SAIS MIEUX QUE PERSONNE !
ICI, NOUS SOMMES TRÈS FIERS DE TOI
NOUS ESPÉRONS QUE TU REMPORTERAS ENCORE DE NOMBREUSES RÉCOMPENSES

TES PARENTS SONT EN TOURNÉE, ACTUELLEMENT, N'EST-CE PAS ?
J'IMAGINE QU'ILS SERONT RAVIS D'APPRENDRE LA NOUVELLE !
TIENS, LE JEUNE PRODIGE ...
HA HA
CLAC
STOC

FFFH
...
CLAP
STAP
STAP
STAP
STAP
STAP
SLAM
?!
HAA
HAA
HAA
OH
!

PARDON !
SURPRISE !
euh ...
DIS-MOI, ON EST DE LA MÊME PROMOTION, NON ? MAIS EST-CE QUE TOUT VA B...
AH !
JE... DÉSOLÉE ! JE NE PENSAIS PAS QUE QUELQU'UN RÉPÉTAIT ICI !
PAS DE SOUCI
CHUT !
TAP TAP TAP
ELLE EST LÀ ?
TAP
DANS CETTE SALLE ?
NON ! NON PLUS
SHU Y RÉPÈTE !
ALORS, OÙ ? C'EST BIZARRE ...
ARRÊTE, ELLE NE S'EST PAS ENVOLÉE !
...
CE SONT DES ÉLÈVES PLUS ÂGÉES ? QU'EST-CE QU'ELLES TE VEULENT ?
EUH, EH BIEN ...
ELLES ME REGARDENT D'UN DRÔLE D'AIR, MAIS JE NE SAIS PAS POURQUOI
hum

MOI, JE ...
JE SAIS, TU ES SHU INAGAKI !
JE TE REMERCIE DE M'AVOIR AIDÉE
SHAC
MAIS ?!
AU FAIT, JE M'APPELLE FUTABA. PREMIÈRE ANNÉE, CLASSE F
ELLES SONT ALTISTES, COMME MOI
AH ...
ENCHANTÉ !
AH J'ALLAIS OUBLIER ...
QUOI ?!
SHHAC
ON EST AU DEUXIÈME ÉTAGE !
EH ! ARRÊTE, C'EST DANGEREUX !
T'INQUIÈTE, C'EST PAS LA PREMIÈRE FOIS !

BRAVO POUR LE CONCOURS ! C'EST SUPER POUR TOI ...
...
mmh
QUELLE FILLE ÉTRANGE ...
MERCI !

HA !
BIEN !
UNE FOIS DE PLUS, TON INTERPRÉTATION ÉTAIT REMARQUABLE !

ENSUITE ...
À PARTIR DU TROISIÈME MOUVEMENT ...
...
QU'EST-CE QUI T'ARRIVE ?
CE N'EST PAS FACILE ...
TOUS CES REGARDS BRAQUÉS SUR MOI ...
TAP TAP
BAH, C'EST NORMAL !
TOUT LE MONDE EST TRÈS CONCENTRÉ QUAND TU JOUES !
JE SAIS QU'ON ME PRÊTE BEAUCOUP D'ATTENTION, MAIS ...
CE REGARD, CE N'EST PAS CELUI QU'ON A QUAND ON ÉCOUTE DE LA MUSIQUE ...
MAIS PLUTÔT CELUI D'UN JUGEMENT SANS APPEL

TIENS ?
C'EST QUI ?
CE SON ... IL EST SI VRAI ...
SI FRANC ET DÉCIDÉ
JE VAIS JOUER LES ESPIONS

QUELLE PURETÉ ...
DRIIIN
BLA
1-F ALTO
BLA
CE N'EST PAS TA FAÇON DE JOUER
TU NE FAIS QUE ME SINGER !
JE N'AI JAMAIS CHERCHÉ À AVOIR LE MÊME SON QUE TOI !
MAIS ... ELLE NE SORT PAS ?
ÇA SUFFIT, MAINTENANT ! TU M'ENTENDS, FUTABA ?!
MAIS ...
C'EST COMME ÇA QUE JE JOUE !
UN POINT C'EST TOUT !
TU AURAS BEAU TENTER DE M'IMITER ...
TU N'AS AUCUN TALENT !
HEIN ?

T'AS FINI ? ALORS, SALUT !
FUTABA ! REVIENS ICI !
!
CLAC
?!
SHU ?
EUH ... PARDON
JE N'AVAIS PAS L'INTENTION D'ÉCOUTER ...
NE T'EXCUSE PAS, TU N'AS RIEN FAIT !
TOUT ÇA, C'EST TROP MOCHE ...
J'EN AI PLUS QU'ASSEZ !

QUELLE PURETÉ ...
DRIIIIN
BLA
BLA
1-F ALTO
CE N'EST PAS TA FAÇON DE JOUER
TU NE FAIS QUE ME SINGER !
JE N'AI JAMAIS CHERCHÉ À AVOIR LE MÊME SON QUE TOI !
MAIS ...
C'EST COMME ÇA QUE JE JOUE !
UN POINT C'EST TOUT !
MAIS ...
ELLE NE SORT PAS ?
ÇA SUFFIT, MAINTENANT ! TU M'ENTENDS, FUTABA ?!
TU AURAS BEAU TENTER DE M'IMITER ...
TU N'AS AUCUN TALENT !
HEIN ?

T'AS FINI ? ALORS, SALUT !
FUTABA ! REVIENS ICI !
!
CLAC
?!
SHU ?
EUH ...
PARDON
NE T'EXCUSE PAS, TU N'AS RIEN FAIT !
JE N'AVAIS PAS L'INTENTION D'ÉCOUTER ...
TOUT ÇA, C'EST TROP MOCHE ...
J'EN AI PLUS QU'ASSEZ !

TU SAIS, CETTE FILLE, JE L'AI ÉCOUTÉE JOUER, ET JE PEUX T'ASSURER …
QUE TON JEU N'A RIEN À VOIR AVEC LE SIEN !
JE NE COMPRENDS PAS CE QU'ELLE VEUT DIRE ! TU EN AS UNE IDÉE ?
T'INQUIÈTE, ÇA VA …
ÇA N'A PAS D'IMPORTANCE …
QUAND JE SUIS …
FACE À UNE SEULE PERSONNE, JE ME SENS FORTE
PAR CONTRE, SI ELLES SONT TROIS, ALORS LÀ …
JE COMMENCE À COMPRENDRE …
SES AÎNÉES SONT JALOUSES D'ELLE !
ELLES LUI ENVIENT CE SON LIMPIDE …
QUI NE PEUT LAISSER …
PERSONNE INDIFFÉRENT

SI FORT ET DÉTERMINÉ, COMME SON JEU ...
ET LE REGARD QUE JE DEVINE DERRIÈRE SES CHEVEUX ...
EST D'UNE TELLE PROFONDEUR
MAIS TU ACCEPTES LA SITUATION ?
TU NE LEUR EN VEUX PAS ?
BIEN SÛR QUE SI !
MAIS JUSTEMENT, JE NE VEUX RIEN EN LAISSER PARAÎTRE !
C'EST INJUSTE, ET ÇA ME TOUCHE BEAUCOUP ...
PARCE QUE ...

TU SAIS, CETTE FILLE, JE L'AI ÉCOUTÉE JOUER, ET JE PEUX T'ASSURER ...
QUE TON JEU N'A RIEN À VOIR AVEC LE SIEN !
JE NE COMPRENDS PAS CE QU'ELLE VEUT DIRE ! TU EN AS UNE IDÉE ?
T'INQUIÈTE, ÇA VA ...
ÇA N'A PAS D'IMPORTANCE ...
QUAND JE SUIS ...
FACE À UNE SEULE PERSONNE, JE ME SENS FORTE
PAR CONTRE, SI ELLES SONT TROIS, ALORS LÀ ...
JE COMMENCE À COMPRENDRE ...
SES AÎNÉES SONT JALOUSES D'ELLE !
ELLES LUI ENVIENT CE SON LIMPIDE ...
QUI NE PEUT LAISSER ...
PERSONNE INDIFFÉRENT

ET LE REGARD QUE JE DEVINE DERRIÈRE SES CHEVEUX ...
EST D'UNE TELLE PROFONDEUR
SI FORT ET DÉTERMINÉ, COMME SON JEU ...
MAIS TU ACCEPTES LA SITUATION ?
TU NE LEUR EN VEUX PAS ?
BIEN SÛR QUE SI !
MAIS JUSTEMENT, JE NE VEUX RIEN EN LAISSER PARAÎTRE !
C'EST INJUSTE, ET ÇA ME TOUCHE BEAUCOUP ...
PARCE QUE ...

TOUT SE PASSE BIEN ?
OUI, PAPA !
MIDORI, NOTRE FEMME DE MÉNAGE, S'OCCUPE COMME UN CHEF DE LA MAISON. TU DEVRAIS L'AUGMENTER
FSSSH
CLING
CLING
HA HA HA
ENTENDU !
ICI AUSSI, TOUT VA BIEN. ON EST RAVIS, ET EN PLEINE FORME ! ATTENDS UNE SECONDE ...
OUI ? DIS-MOI !
...
ALORS ...
MMH, NON ! C'EST UN SECRET !

SHU ?
TU MANGES BIEN, MON CHÉRI ? ET L'ÉCOLE, ÇA VA ?
AH, VOILÀ MAMAN ...
BON, JE TE RAPPELLE BIENTÔT
ET ON TE RAPPORTE DES TAS DE CADEAUX !
tu vas voir !
OUI, ÇA VA !
NE T'EN FAIS PAS POUR MOI ...
CONTINUEZ BIEN VOTRE TOURNÉE !
D'ACCORD !
TUUUU
...
J'AI COMMENCÉ LA MUSIQUE
PARCE QUE J'AIMAIS JOUER AVEC LES SONS ET CRÉER DES MÉLODIES
PAR LA SUITE, J'AI ÉNORMÉMENT TRAVAILLÉ, COMME TOUT LE MONDE, D'AILLEURS
ET POUR LE CONCOURS, J'Y AI MÊME PASSÉ MES JOURNÉES

TU N'ES ENCORE QU'EN PREMIÈRE ANNÉE, MAIS TON JEU EST DÉJÀ FABULEUX
NOUS SERONS NOMBREUX, PROFESSEURS, PARENTS ET AUSSI INVITÉS, À ATTENDRE TA PRESTATION !
ÉVIDEMMENT, TU JOUERAS LE MORCEAU DE TON CHOIX …
ET JE COMPTE SUR TOI POUR SURPASSER MÊME LES ÉLÈVES DE TROISIÈME ANNÉE
JE FERAI DE MON MIEUX, MADAME …
MES PARENTS N'Y SONT POUR RIEN
C'EST À MOI …
D'ÊTRE ENCORE MEILLEUR, POUR NE DÉCEVOIR PERSONNE …
EH BEN …
ON DIRAIT QUE ÇA AIDE D'AVOIR DES PARENTS MUSICIENS !

PEU IMPORTE ...
DU MOMENT ...
pff !
C'EST UN TROISIÈME ANNÉE ... BAH, IL EST JALOUX !
...
QUE JE PEUX FAIRE ENTENDRE ...
MON MESSAGE
SHU ?
JE PEUX M'ASSEOIR AVEC TOI ?

POURTANT, J'AI L'IMPRESSION QUE PERSONNE N'A AUCUNE IDÉE …
DES EFFORTS QUE J'AI FOURNIS
"ÇA N'A PAS D'IMPORTANCE"
J'AIMERAIS POUVOIR EN DIRE AUTANT
"TIENS, LE JEUNE PRODIGE" …
JE VOUDRAIS ÊTRE …
COMME ELLE
PLUS FORT …
ET SÛR DE MOI

CET AIR QUE JE JOUE POUR TOI ...
C'EST UN MESSAGE QUE JE T'ADRESSE
EH, SHU, TU ES AU COURANT ?
TU AS ÉTÉ DÉSIGNÉ COMME SOLISTE POUR LE CONCERT DE FIN D'ANNÉE !
MOI ? SOLISTE ? MAIS ...
C'EST RÉSERVÉ AUX ÉLÈVES DE TROISIÈME ANNÉE ...
EXACT, CEPENDANT ...
L'ÉCOLE FAIT UNE EXCEPTION POUR TOI !
C'EST GÉNIAL, NON ?
UNE EXCEPTION ...

MERCI !
J'AI APPRIS POUR LE CONCERT. C'EST CHOUETTE !
...
FUTABA, EST-CE QUE ...
TU CONTINUERAS ...
À JOUER DE L'ALTO, TOUTE TA VIE ?
OUI, JE CROIS ...
MÊME SI JE NE DEVIENS PAS CONCERTISTE ...

TANT QUE ÇA ME REND HEUREUSE, JE CONTINUE !
ET TOI, SHU ?
MOI ?
EH BIEN, TU COMPTES FAIRE QUOI ?
EUH
VOYONS ...
JE CROIS ...
QUE J'AIMERAIS BIEN ...
JOUER DANS DES ENDROITS COMME ...
LE DÉSERT, OU FACE À LA MER, OU SUR UNE COLLINE VERDOYANTE OU LE FLANC D'UNE MONTAGNE ...

TOUT SIMPLEMENT SOUS LE CIEL BLEU
UN CIEL D'UN BLEU PROFOND ...
DANS UN ENDROIT SANS PERSONNE ...
QUI ME CONNAISSE, OÙ MÊME LE VENT NE POURRAIT M'ATTEINDRE
JE SERAIS SEUL ET ...
LÀ, JE POURRAIS JOUER DU VIOLON COMME JE LE DÉSIRE
ET ALORS ...
QUELQU'UN ENTENDRAIT MA MUSIQUE ...
ET VIENDRAIT ME RETROUVER, DANS CE PAYSAGE DE MONTAGNE IMMACULÉ ...

C'EST DRÔLE PARCE QUE ...
J'EN RÊVAIS, TOUT À L'HEURE
SHU ? ÇA VA ?
JOUER DU VIOLON ...
ME PERMET D'EXPRIMER MES SENTIMENTS
1-A VIOLON
chut !
IL PEUT T'ENTENDRE !
ET ALORS ? JE M'EN FICHE !
NORMAL, AVEC LES PARENTS QU'IL A !
TECHNIQUEMENT, IL EST TOUT DE MÊME EXCELLENT !
EH, VOUS AVEZ ENTENDU LA DERNIÈRE ? IL PARAÎT QUE ...

S'IL A GAGNÉ LE CONCOURS ...
C'EST PARCE QUE SES VIEUX L'ONT PISTONNÉ !
hein ?
ET TU CROIS QUE C'EST VRAI ?
SBLANG
NON ... NON !
JE DOIS ...
VOUS DITES ... N'IMPORTE QUOI !
... ME FAIRE ENTENDRE !

LES CHOSES NE SE SONT PAS PASSÉES AINSI ! CE NE SONT QUE DES MENSONGES !
VRAIMENT ?
ALLONS, ADMETS QUE TU FAIS COMME TES PARENTS !
ET POUR CAUSE, C'EST FACILE, AVEC LEUR RÉPUTATION !
ÇA N'A RIEN À VOIR AVEC LE TALENT !
TU N'AS RIEN DE SPÉCIAL ! TOUT SEUL, TU N'EXISTES PAS !
"ÇA N'A PAS D'IMPORTANCE"
"C'EST COMME ÇA QUE JE JOUE" !

LE SON DE FUTABA ...
AH !
VIENT DE SA FORCE DE CARACTÈRE !
CLAP
DÉSOLÉE, JE SUIS EN RETARD ! NE PERDONS PAS DE TEMPS, S'IL VOUS PLAÎT !
OUI, MADAME !
MÊME SANS PARO-LES ...
SIMPLEMENT D'UN DE SES REGARDS ...
FRANC ET VO-LON-TAIRE
ELLE ...
ELLE SAURAIT RÉPONDRE ...

ILS ONT PEUT-ÊTRE RAISON ... ET SI JE N'ÉTAIS ...
QU'UN FILS DE MUSICIENS RECONNUS ?
ÇA NE FERAIT PAS DE MOI UN VIRTUOSE ...
EN VÉRITÉ, JE N'AI AUCUN TALENT
NON, AUCUN !
LES CRITIQUES DES UNS ET DES AUTRES SONT SANS DOUTE VRAIES
ALORS QUE JE NE SUIS PAS CAPABLE DE TOUCHER LE CŒUR DES GENS
ET MOI, JE M'ENFERRE DANS LE MENSONGE ...
DANS CE CAS, POURQUOI CONTINUER À JOUER DU VIOLON ?

FUTABA ! VIENS ICI !
BOBOM
ELLE EST LÀ ?
TU AS INTÉRÊT ...
À CHANGER D'ATTITUDE !
O.K. ?
J'EN AI PAR-DESSUS LA TÊTE DE TOI !
TU N'ES QU'UNE SALE ...
PAF
ARRÊTEZ !!

SHU ... TU ÉTAIS LÀ ?
VOUS VOUS CROYEZ TOUT PERMIS, SOUS PRÉTEXTE QUE VOUS ÊTES PLUS ÂGÉES ?!
FICHEZ-LUI LA PAIX, À LA FIN ! ELLE NE VOUS A RIEN FAIT !!
JE VOUS PRÉVIENS ...
JE VOUS AI À L'ŒIL !
OH ...
PAR... PARDON

TAP
TAP
MAIS C'ÉTAIT LA SEULE SOLUTION, N'EST-CE PAS ?
AU MOINS, POUR UNE FOIS, MA RÉPUTATION ...
M'AURA SERVI À QUELQUE CHOSE !
JE REGRETTE D'EN ÊTRE ARRIVÉ LÀ ...
D'AVOIR ÉTÉ ...
BRUTAL ET MENAÇANT

HA !
EUH ...
PARDON, JE T'AI GÊNÉE ...
SHU ...
TU AS MAL À LA JOUE ?
QUEL IMBÉCILE !
COMMENT PEUX-TU DIRE ...
JE ... J'AI DU MAL COMPRENDRE ...
DES CHOSES ...
PAREILLES ?
ALORS QUE ...
C'EST GRÂCE À TOI ...
QUE J'AI PU TENIR LE COUP !

LE MERCREDI, APRÈS LES COURS, TU RÉPÉTAIS ...
DANS CETTE SALLE, N'EST-CE PAS ?
TU ES VENUE TOUS LES MERCREDIS ?
OUI ... JE SAIS ...
EH BIEN MOI ...
JE VENAIS T'ÉCOUTER
QUE JE N'AURAIS PAS DÛ MAIS ...
"T'INQUIÈTE, C'EST PAS LA PREMIÈRE FOIS" !

LORSQUE TU JOUES ...
TON SON EST SI PUR, ON DIRAIT LE VENT QUI CARESSE LA MONTAGNE
C'EST SI ...
SPÉCIAL !
ET IL N'Y A QUE TOI, ET TOI SEUL ...
QUI RÉUSSIS UN TEL PRODIGE !

AVEC TOI, LA MUSIQUE S'ÉCOULE COMME L'EAU CLAIRE D'UNE SOURCE
CE CHANT DE TON INSTRUMENT ...
M'APAISE, ME BERCE ET M'ATTIRE AUSSI, DE PLUS EN PLUS
SHU, ÇA NE FAIT AUCUN DOUTE ...
TU PARVIENS À EXPRIMER TANT DE CHOSES EN JOUANT ...

UN JOUR, LE MONDE ENTIER RECONNAÎTRA ...
QUE CETTE VOIX QUI EST EN TOI ... EST UNIQUE

...
...
MERCI
JE ...
JE TE REMERCIE, DE TOUT MON ÊTRE

PLUS ENCORE QUE LES APPLAUDIS-SEMENTS ...
QUE TOUS LES PREMIERS PRIX DU MONDE
TES MOTS RÉSONNENT PLUS FORT DANS MON CŒUR ...
CLANG
EN JOUANT DE LA MUSIQUE
CE QUI COMPTE, C'EST QUE JE PUISSE FAIRE ENTENDRE LA VOIX QUI EST MIENNE ...

CHAQUE BRIN D'HERBE ...
CHAQUE SOUFFLE DE VENT ...
ET MÊME CHAQUE NUAGE ...
L'ÉCHO ...
SE FERA ...
DE MA VOIX

CONCERT DE FIN D'ANNÉE 20
SHU INAGAKI (première année, classe A)
HEIN ? C'EST TOUT CE QUE TU TROUVES À DIRE ?
QUOI ? JE RECONNAIS QU'IL EST EXCELLENT, ÇA TE VA ?
LES TROISIÈME ANNÉE FAISAIENT PÂLE FIGURE, À CÔTÉ ...
BON, O.K ...
SON JEU EST ÉTONNANT ! ET COMPLÈTEMENT DIFFÉRENT ...
DE CELUI DE SES PARENTS !
ET CE SON ...
PUR COMME DU CRISTAL !
UNE BRISE NOUVELLE ...
SOUFFLE ...
SUR MA VIE

La voix de mon cœur/ fin

MERCI BEAUCOUP

J'ai beaucoup hésité sur
le personnage à dessiner ici...
Finalement, j'ai choisi Aya.
Après tout, ça faisait longtemps
que je ne l'avais pas croisée !! (Rires)
J'ai raconté, dans mes bavardages n°6
du troisième volume de *Fruits Basket*,
que j'avais repris un personnage.
C'est aussi le cas pour Aya.
Vous la retrouvez légèrement relookée
sous les traits d'Adélyte,
dans *Ceux qui ont des ailes*.
Mais j'avais complètement oublié ce détail...
(C'est pourtant toi qui y avais pensé,
non ?)
On trouve déjà, dans tous les récits
de ce recueil, des éléments développés
par la suite dans mes séries plus récentes.
Et il paraît assez évident
que je ne contrôlais pas encore
toutes les idées qui me venaient
à l'esprit...
Je vous remercie infiniment d'avoir lu ces
histoires qui sont, finalement, un peu
à l'origine de ce que je suis devenue.

À mesdames Harada, Araki,
Fujisaki, Watanabe,
à mon attachée
et à ma mère
et à toutes mes
lectrices et lecteurs.

C'était Natsuki Takaya

Double jeu

ALORS, "TACHIBANA" ...
IL PARAÎT QUE JE SUIS ...
ÇA DOIT ÊTRE ICI ...
...
204
S. Tachibana
fiu fiu
PLUTÔT ORIGINAL, COMME GARÇON
ouh làààà
D'AIL-LEURS ...
ÇA Y EST ...
HA
FINI ! ET JE DOIS RECONNAÎTRE QUE C'EST RÉUSSI !
LE RÉSULTAT EST TOUT BONNEMENT ...
CRAQUANT ! ♡
TADAM !
AH CES COULEURS ! ET CES MOTIFS ! QUELLE HAR-MONIE ! ÇA VALAIT LA PEINE D'Y PASSER LA SEMAINE !
VOYEZ VOUS-MÊME !

AH, TÉLÉPHONE !
R R R
BIEN !
CLIC
ALLÔ, SUGURU ?
OH, MAKOTO !
ÇA VA ? TIENS, JE VIENS JUSTE DE TERMINER LE DESSUS-DE-LIT !
C'EST VRAI ? O.K., JE SUIS LÀ DANS UNE SECONDE !
MAINTENANT ...
IL FAUT QUE JE PRENNE DES PHOTOS
♫
IL PARAÎT QUE ...
LES HOMMES APPRÉCIENT LES FILLES QUI AIMENT LES OBJETS DE DÉCO
MAIS LE FAIT QU'UN JEUNE HOMME DE DIX-NEUF ANS LES CONÇOIVE ET EN FASSE SON MÉTIER ...
C'EST PLUTÔT INHABITUEL
DING DONG
DÉJÀ ?!
MAKOTO EST VRAIMENT SUPER RAPIDE !
J'ARRIVE !
DING DONG
CLAC
BONJ...

...
Y A PERSONNE ?
EH, JE SUIS LÀ !!
AYA ?! MAIS QU'EST-CE QUE TU FAIS ICI ?!
TU REGARDES OÙ, EXACTEMENT ?!
IMBÉCILE !
...
HUM ...
Makoto
C'EST QUI ?
C'EST LA FILLE DE MON FRÈRE
AYA
c'est donc ma nièce
AH, ENCHANTÉE ! TU ES MIGNONNE ! TU RESSEMBLES AU FRÈRE DE SUGURU ?

IMPOSSIBLE !
JE SUIS SA BELLE-FILLE !
HMM
MAIS C'EST QUOI CET APPARTEMENT ?!
J'AI BEAU ÊTRE AU COURANT DE TES ACTIVITÉS, JE NE M'ATTENDAIS PAS À ÇA ! J'EN AI MAL AU CŒUR ! ET C'EST QUOI CETTE PLAQUE SUR TA PORTE ?
SHAF
AH ! AMUSANT, NON ? TOUT LE MONDE CROIT QUE C'EST UNE FILLE QUI HABITE ICI !
descends de cette chaise, c'est dangereux
JE SUIS ISSUE DU PREMIER MARIAGE DE MA MÈRE, JE NE RISQUE DONC PAS DE RESSEMBLER À MON BEAU-PÈRE !
ce serait absurde !
...
euh ...
AYA ...
C'EST DU DERNIER RIDICULE ! ES-TU SÛR D'ÊTRE UN GARÇON ?!
CE N'EST PAS PARCE QUE C'EST TON ONCLE QUE TU DOIS ... LUI MANQUER DE RESPECT ! TU ES VENUE POUR L'INSULTER ?
ET CES SACS, ILS SONT À TOI ?
...
J'AIMERAIS EN PLACER UNE ...
OUI, J'AI FUGUÉ, ET ALORS ?

QUOOOOI ?!
VOUS ÊTES SURPRIS ? POURQUOI ?
ÉCOUTE ...
JE SUIS NAVRÉE DE TE LE DIRE, MAIS ...
TA NIÈCE M'A L'AIR D'ÊTRE UNE SACRÉE CHIPIE !
HA HA HA ... HUM
je te le dis dehors, quand même
TU SAIS ...
ÇA DOIT FAIRE UN AN QUE JE NE L'AI PAS VUE
AH, JE VOIS ...
BON ...
EN TOUT CAS, TON DESSUS-DE-LIT FIGURERA EN TRÈS BONNE PLACE DANS MON MAGASIN
MERCI, MAKOTO ! HEUREUSEMENT QUE TU ES LÀ !
ALLONS, PAS DE ÇA AVEC MOI !
TU SAIS BIEN QUE TES OBJETS SE VENDENT À MERVEILLE !
pof
D'AILLEURS, JE COMPTE SUR TOI POUR CONTINUER À REMPLIR MA BOUTIQUE DE BELLES CHOSES, D'ACCORD ?

D'AC-CORD !
DIS-MOI, CETTE FILLE ...
C'EST TA COPINE ?
HEIN ?!
MAIS PAS DU TOUT !!
NON NON NON
ALORS POURQUOI TU ES GÊNÉ ?
ELLE S'OCCUPE DU MAGASIN QUI VEND MES CRÉATIONS
J'Y AI AUSSI UN PETIT BOULOT DE VENDEUR, EN EXTRA
MAIS ÇA FAIT LONG-TEMPS ...
QUE SON CŒUR EST PRIS AILLEURS ...
AYA ...
POURQUOI TU ES PARTIE DE CHEZ TOI ?
QU'EST-CE QUI S'EST PASSÉ ?
...
JE DORS OÙ ?
EUH ...
CETTE DISCUSSION M'A ÉPUISÉE

JE CROIS COMPRENDRE CE QU'A RESSENTI PAPY ...
AH BON ?
IL Y A UN AN ...
...
C'EST À CAUSE DE TOUS CES FROUFROUS ! C'EST POUR ÇA QU'IL T'A RENIÉ, IDIOT !
VLAN
VA-T-EN !
JE NE VEUX PLUS JAMAIS TE VOIR !
AINSI, ÇA FAIT UNE ANNÉE QUE ...
elle m'a piqué mon lit !
COMME ELLE A GRANDI !
Suguru !
attends-moi !
...
COMMENT OUBLIER ? JE N'Y PARVIENS PAS ...

MAIN-TENANT ...
CE N'EST PAS ÉVIDENT DE LEUR TÉLÉPHONER ...
ELLE EST TOUJOURS CHEZ TOI ?
OUI
SES PARENTS DOIVENT ÊTRE INQUIETS, NON ?
MAIS ...
ILS VONT SANS DOUTE D'ABORD APPELER SON ÉCOLE
OH
ZUT !
SBING
HIIIIIII !!
OH NOON !!
je n'ose pas regarder !
CALME-TOI
D'ABORD INSPIRE ...
PROFON-DÉMENT !
...
NE T'INQUIÈTE PAS, IL N'Y A PAS DE CASSE
ouf
HEUREU-SEMENT !

C'EST UN CENDRIER ? IL EST ORIGINAL ! TU LE VENDS ?
NON, C'EST UN CADEAU
TU SAIS, POUR LA SAINT-VALENTIN ... C'EST BIENTÔT
AH !
J'AVAIS OUBLIÉ ...
HI HI
C'EST POUR UN ÊTRE CHER À MON CŒUR !
EN FAIT ...
JE SUIS TROP NUL
MONSIEUR N'AIME PAS LES SUCRERIES ...
MAIS JE SUIS CERTAINE QUE CET OBJET LUI PLAIRA !
...
ELLE AIME ...
EN SECRET LE MÊME GARÇON DEPUIS LE LYCÉE
ET EUH, ÇA AVANCE, VOUS DEUX ?
CET HOMME, JE NE L'AI JAMAIS RENCONTRÉ
PAF
CRÉTIN ! C'EST JUSTEMENT PARCE QU'IL NE SAIT RIEN QUE JE LUI OFFRE ÇA !!
PAF
EN TOUT CAS, ELLE EST FOLLE DE LUI
bon
JE DOIS FILER À LA FAC
JE TE LAISSE LA BOUTIQUE !
ET JE PASSE CHEZ TOI DIMANCHE, O.K. ?
PAS DE PROBLÈME ! BON APRÈS-MIDI !

C'EST VRAI QU'ELLE M'A DEMANDÉ ... QUEL GENRE DE CADEAU PLAIRAIT À UN GARÇON
la maman de Makoto
quelle technique, Suguru !
toutes ces commandes, ça va aller ? tiens, tu veux venir dîner chez nous ?!
QUELLE IRONIE ! POURTANT, ÇA NE ME FAIT PAS RIRE ...
il coud
MAIS, APRÈS TOUT ... POURQUOI JE NE TENTERAIS PAS QUELQUE CHOSE ?
LA SAINT-VALENTIN ?
ET APRÈS ? EN QUOI ÇA ME CONCERNE ?
EH BIEN, TU POURRAIS EN PROFITER POUR ...
RENTRER CHEZ TOI, PAR EXEMPLE, POUR OFFRIR DES CHOCOLATS À TON PAPA !
C'EST STUPIDE !
elle ne lâche pas son jeu
LE MONDE EST BIEN PLUS COMPLIQUÉ QUE ÇA, VOIS-TU !
UN PEU COMME CE BOSS DE FIN DE NIVEAU QUI ESQUIVE TOUTES MES ATTAQUES !
PAAF BAM SPONG SHAA
il m'exaspère !
hum
CE N'EST QUAND MÊME PAS COMPARABLE ...
EN PLUS ...
PLUTÔT QUE DE T'OCCUPER DE MOI, TU FERAIS MIEUX DE TE PENCHER SUR TON CAS, NON ?
QUOI ?

TU SAVAIS ...
QU'AUX ÉTATS-UNIS, LES FILLES ET LES GARÇONS PEUVENT SE COMPORTER DE LA MÊME FAÇON ?
TATATAM TATAM TATAM
OUAAAIS ! JE L'AI EU !!
hé hé hé
VOILÀ CE QU'IL EN COÛTE DE S'OPPOSER À MOI ! ET MAINTENANT, VA BRÛLER EN ENFER !
AH OUI ?
j'ignorais ...
OUH LÀ !
HUM ... TU VEUX BOIRE QUELQUE CHOSE ?
DIS ...
TU FAIS QUOI, DEPUIS TOUT À L'HEURE ?
TU PARLES DE ÇA ? C'EST UNE TAPISSERIE
TON MÉTIER, C'EST DE FAIRE DES TAPISSERIES ?
NON, JE CONFECTIONNE AUSSI DES DESSUS-DE-LIT, DES COUSSINS, DES PELUCHES, ET ENCORE ...
PLEIN D'AUTRES CHOSES !
AH BON ... ÇA NE DOIT PAS ÊTRE FACILE ...

- 3 -

Lorsque je relis mes premiers récits, les souvenirs de l'époque me reviennent en mémoire.
Je me rappelle que j'avais encore du temps pour moi, et que je faisais pas mal de choses avec mes amies. Par exemple, je dormais chez elles et je leur demandais de l'aide pour mon travail... Morceau choisi d'une conversation-type (pour la première fois en exclusivité !) :
"On met des trames ici, même si c'est minuscule ?"
"Si tu ne veux pas le faire, laisse"
"Mais tu veux que je le fasse, non ?"
"Euh, ben oui j'aimerais bien"
Pour *La Voix de mon cœur*, il y avait une énorme trame, qui couvrait presque toute une page, et qui nous a beaucoup fait rire quand on l'a vue imprimée... (je l'ai enlevée sur ce volume)
Je me souviens aussi d'être restée au téléphone avec une amie sept heures d'affilée (et c'est elle qui a payé la facture ! Je suis vraiment ignoble !)
Et il y avait xxx qui était très... !!
Ou encore xxx qui était super... !!
(j'ai trop honte d'écrire tout ça !)
Une autre amie s'écriait tout le temps : "Ça brûle ! ça brûle ! Incroyable comme ça brûle !"
(je me suis toujours demandé ce que je faisais pour qu'elle me répète ça sans arrêt... (rires) en tout cas, ça m'a marqué !)
Bref, j'en ai gardé un paquet de souvenirs !

TU VEUX LE REPRENDRE, PEUT-ÊTRE ?!
alors tu veux quoi ?!
non ! non !
QUE TU M'AVAIS PROMISE !
PARCE QUE TU ES PARTI DE LA MAISON AVANT !
ET ALORS ?!
hein ?!
C'EST JUSTE QUE JE ME SOUVIENS AVOIR FAIT BEAUCOUP DE CHOSES POUR TOI
CERTES ...
MAIS TU NE M'AS PAS OFFERT LA PELUCHE ...
OUI, JE N'AI PAS OUBLIÉ
TU M'EN VEUX ?
...
BAH ...
ÇA N'A PLUS D'IMPORTANCE, MAINTENANT !
ÇA TE DIT, UNE JOLIE PELUCHE ?
TU AIMERAIS QUEL ANIMAL ?
hé hé hé !
BEN, UN TRUC AUSSI MIGNON QUE MOI, FORCÉMENT !
JE VOIS ...
OUI, JE M'EN SOUVIENS TRÈS BIEN

TU PROMETS, DIS ?
JE ME RAPPELLE AUSSI QUE ...
DANS CETTE MAISON, TU ÉTAIS LA SEULE À ME COMPRENDRE
REGARDE-MOI CE MONSTRE !
QUEL NUL ! POURQUOI TU T'ENFUIS, GROS PAS BEAU ? TU AS PEUR DE TE BATTRE ? QU'EST-CE QUE TU FABRIQUES DANS CE JEU, ALORS ?!
TES COPAINS SONT MORTS, C'EST TRISTE MAIS BON ...
RESSAISIS-TOI ! JE N'EN AI TUÉ QUE TROIS, APRÈS TOUT !
HUM ...
TU SORS ?
AH, J'AI COMPRIS !
NON, JE NE RENTRE PAS CHEZ MOI !!
ON EST DIMANCHE, POURTANT, TU VAS OÙ ?
BOBOM BOBOM BOBOM
JE SAIS BIEN QUE TU VEUX TE DÉBARRASSER DE MOI !
PAS LA PEINE DE CRIER ...
C'EST LOGIQUE QUE TU VEUILLES ME CHASSER ! C'EST VRAI, TU ME NOURRIS ET JE DORS DANS TON LIT !
NON, TU TE TROMPES ...

VOILÀ UN AN QUE JE VIS TOUT SEUL
ALORS ...
ÇA ME FAIT TRÈS PLAISIR QUE TU SOIS LÀ
MAIS SI MES RELATIONS AVEC LA FAMILLE ÉTAIENT MEILLEURES, ÇA ME FERAIT ENCORE PLUS PLAISIR ...
OH !
ÇA ALORS ! UN PETIT LAPIN !
regarde !
hop
...
ARRÊTE ...
TU ES TROP GENTIL, ÇA TE REND RIDICULE !
CE N'EST PAS ÉTONNANT QUE CETTE FILLE NE S'INTÉRESSE PAS À TOI !

VLAAN
SI TU VOYAIS COMME TU SOURIS, QUAND TU CONFECTIONNES TES PETITS OBJETS ...
TU N'AS VRAIMENT PAS L'AIR TRÈS VIRIL !!
snif
...
JE DOIS RECONNAÎTRE ...
QU'ELLE A VU JUSTE
JUSQUE-LÀ, J'AI ÉVITÉ DE REMETTRE EN CAUSE MON COMPORTEMENT
EST-CE MON ATTITUDE ...
QUI EMPÊCHE MAKOTO DE FAIRE ATTENTION À MOI ?
SUIS-JE VRAIMENT SI BIZARRE QUE ÇA ?
GLING GLING
BONJOUR !
JE CROIS BIEN QU'IL VA NEIGER !

BONJOUR, SUGURU
MAIS ... QU'EST-CE QUI T'ARRIVE ?
ah !
J'AI L'AIR SI TRISTE QUE ÇA ?
PFFF ...
...
FIGURE-TOI ...
QU'IL EST TOMBÉ AMOUREUX ...
D'UNE DE MES AMIES ... MAIS LE PIRE, PEUT-ÊTRE ...
C'EST QU'ELLE M'A DEMANDÉ ...
DE JOUER LES ENTREMET-TEUSES, ET QUE ...
JE N'AI RIEN TROUVÉ DE MIEUX QUE D'ACCEPTER, ET AVEC LE SOURIRE, EN PLUS !

IL EST TELLEMENT… IMPOSANT ! IL EST GRAND, D'AILLEURS …
C'EST UN EXCELLENT BASKETTEUR. TU DOIS LE CONNAÎTRE, NON ? AH, J'ARRÊTE, JE TE L'AI DÉJÀ DÉCRIT UNE CENTAINE DE FOIS !
ET BEAU, EN PLUS DU RESTE …
MAIS SURTOUT, RIEN QUE LE FAIT DE MARCHER À SES CÔTÉS SUFFISAIT À ME RENDRE HEUREUSE
JE COMPRENDS, MAKOTO, C'EST PAREIL POUR MOI
C'EST CURIEUX …
D'ÊTRE À CE POINT AMOUREUX DE QUELQU'UN …
OUI, JE RESSENS LA MÊME CHOSE

J'AI BEAU FAIRE ...
JE SUIS TOUJOURS AMOUREUSE DE LUI
OUI, JE CROIS QUE JE L'AIME ENCORE ... À LA FOLIE
MOI AUSSI, J'AI ENVIE DE PLEURER, MAIS JE RETIENS MES LARMES ...
AU MOINS, NOUS AVONS UN POINT COMMUN, TOUS LES DEUX ...
PUISQUE J'AIME COMME UN FOU QUELQU'UN QUI NE M'AIME PAS ...
JE TE REGARDE, ET LA TRISTESSE ENVAHIT MON CŒUR ...

SANS DOUTE POUR TOUJOURS ...
COUCOU ! C'EST MOI !
OH LÀ LÀ ! JE SUIS TREMPÉE !
MAIS ...
QU'EST-CE QUE TU ...
plutôt étrange ...
BONSOIR !
JE ME SUIS MIS AU BASKET !
ON PEUT SAVOIR POURQUOI ?
J'AI ENVIE DE CHANGER, C'EST TOUT
TU M'AS DIT QUE TU ME TROUVAIS BIZARRE ...
ET EN Y RÉFLÉCHISSANT, JE PENSE QUE TU AS RAISON
UN PEU DE NOUVEAUTÉ, ÇA NE PEUT PAS ...
FAIRE DE MAL ! JE NE VEUX PAS RESTER SEUL, DANS MON COIN ...

FLAP
CHANGER ? POURQUOI FAIRE ?!
C'EST SÛR, QUAND ON DIVORCE, ÇA AMÈNE DU CHANGEMENT !!
HEIN ?
QUOI ?!
mais comment c'est arrivé ?
MAMAN A QUITTÉ LA MAISON, EN ME LAISSANT AVEC PAPA !
ELLE A DIT QUE DE CETTE FAÇON, JE NE MANQUERAI DE RIEN, MAIS LA VÉRITÉ, C'EST QUE SON AMANT LA VEUT POUR LUI TOUT SEUL !
OUI ... DIVORCER ?
JE PARLE DE MES PARENTS, IDIOT !
ET PAPA, QUI N'EST PAS MON VRAI PÈRE, ME DIT DE RESTER AVEC LUI !
ALORS QUE JE DEVRAIS PLUTÔT ÊTRE AVEC MAMAN, NON ?
EN PLUS, JE DOIS FAIRE COMME SI ...
DE RIEN N'ÉTAIT !!
OÙ VAS-TU ? IL FAIT FROID DEHORS !!
et tu es en chaussettes !
ÇA NE TE REGARDE PAS !
AYA !!

TAP
AYA ?!
TAP
TAP
NE COURS PAS COMME ÇA !
AVEC CETTE NEIGE, TU ...
FICHE-MOI LA PAIX !!
ZIUP
AAAAAAH!!
AÏE
SUGURU ! ÇA ...
ÇA VA ? MAIS ...
TU SAIGNES !
AYA ?

ELLE EST BRÛLANTE DE FIÈVRE
JE SUIS HEUREUX QU'AYA RESTE AVEC MOI, MAIS N'OUBLIE PAS DE VENIR LA VOIR, TOUT DE MÊME
BIEN SÛR
MAMAN ...
AU REVOIR, MA CHÉRIE
TU ES ICI CHEZ TOI, MA PETITE AYA
C'EST VRAI, PAPY ?
MAIS ALORS, POURQUOI TU AS CHASSÉ SUGURU ?
IL A FAIT QUELQUE CHOSE DE MAL ? DIS-MOI !
IL ME MANQUE ...
REVOIR ...
J'AIMERAIS TANT ...
SON SOURIRE
SUGURU ?

TU ES LÀ ?
OUI
NE T'INQUIÈTE PAS
ÇA VA ALLER ...
JE VAIS APPELER MON FRÈRE
AH ... TU ES SÛR QUE ...

SAP
UNE PETITE MINUTE
SHA
AAAAH !!
PLOUF
oup là
il a glissé, s'est cogné mais elle l'a rattrapé de justesse
PAS LA PEINE DE LES INQUIÉTER INUTILEMENT ! LA FIÈVRE NE VA PAS TARDER À BAISSER !
EUH ...
MAIS ...
ET PUIS, ILS SAVENT QUE JE SUIS ICI
JE VOUS AI MENTI, JE N'AI PAS FUGUÉ
VOUS AVEZ BEAU ÊTRE DES ADULTES, VOUS ÊTES TOUS COMPLÈTEMENT IDIOTS !
LÀ-BAS, TOUT LE MONDE S'INQUIÈTE POUR TOI, SURTOUT PAPY ... MAIS CE SONT DE VRAIES TÊTES DE MULE !
MOI, JE SUIS ENCORE UNE PETITE FILLE, ALORS PERSONNE NE S'EST DOUTÉ QUE J'ÉTAIS VENUE ICI POUR CRÉER UNE OCCASION DE VOUS RAPPROCHER
UNE PETITE FILLE ? MOUAIS ...
POUR ÊTRE HONNÊTE, JE SUIS TRÈS HEUREUSE AVEC PAPA

EN TOUT CAS, MOI ...
C'EST COMME ÇA QUE JE TE PRÉFÈRE
JE TROUVE LAMENTABLE CE GARÇON QUI COUD ET FABRIQUE DES PELUCHES, ET QUI SOURIT CONSTAMMENT COMME UN IMBÉCILE !
ouh là ...
PAR CONTRE ...
MAIS BON, TU ES AUSSI RIDICULE QUAND TU JOUES AU BASKET, OU QUAND TU PASSES TA JOURNÉE À GLOUSSER AVEC UNE FILLE !
FINALEMENT, JE PRÉFÈRE QUE TU ME FABRIQUES DES ACCESSOIRES ET QUE TU ME LISES DES HISTOIRES QUI FINISSENT BIEN
OUI, IL VAUT MIEUX QUE TU RESTES COMME TU ES

CE QUI SERAIT BIEN ...
C'EST QUE LES GENS RÉALISENT QUE TU ES UN GARÇON MERVEILLEUX ...
BREF, QU'ILS COMPRENNENT QUI TU ES VRAIMENT ...
N'EST-CE PAS ?
TON PETIT LAPIN EST D'ACCORD AVEC MOI
UNE PETITE FILLE, CERTES ...
MAIS BEAUCOUP PLUS MALIGNE QUE MOI
DITES ... QUI M'A MIS MON PYJAMA ?
hein ?
CE N'EST PAS MOI, C'EST MAKOTO !
ALORS POURQUOI TU ROUGIS ?

ÇA Y EST ...
AYA N'A PLUS DE FIÈVRE
ELLE RETOURNE DONC CHEZ ELLE
ET VOILÀ !
CEPENDANT, TOI SEULE LE SAIS ...
C'EST QUOI ?
C'EST MON CADEAU DE SAINT-VALENTIN, C'EST DEMAIN, MAIS BON ♡ ...
MAIS C'EST UN COCHON ?!
QU'EST-CE QUE ÇA VEUT DIRE ? TU ESSAYES DE FAIRE PASSER UN MESSAGE ?!
ah
TU NE L'AIMES PAS ?
SI !!
SERRE
ET PUIS ...
JE T'OFFRE AUSSI LE JEU AUQUEL ON A JOUÉ L'AUTRE JOUR, TU ES CONTENTE ?

PRENDS BIEN SOIN DE TOI, O.K. ?
hep
J'AI UN TRUC À TE DIRE ... C'EST PERSONNEL
OUI ?
TU AS PEUT-ÊTRE TRENTE ANS MAIS ...
NON, J'EN AI VINGT ! C'EST TOUT ?!
COMMENT JE PEUX DÉTACHER CE BIDULE ?
euh
TU ES SI JEUNE QUE ÇA ?
étonnant !
GRR ...
PEU IMPORTE, IL N'EMPÊCHE QUE TU ES NULLE POUR JUGER LES HOMMES !
HÉ HÉ !
QU'EST-CE QUE TU DIS, AYA ?
j'ai réussi !
...
RIEN DU TOUT ! BON, J'Y VAIS !
merci pour tout !

AYA ...
TU SERAS TOUJOURS LA BIENVENUE ICI
MAIS J'ESPÈRE QUE BIENTÔT, ON SE VERRA SANS QUE J'AI BESOIN DE FAIRE TOUT CE CHEMIN !
ALLEZ
AU BOULOT ! ON A DU PAIN SUR LA PLANCHE !
HEIN ?!
EUH, OUI !
?
TOI, JE VAIS T'APPELER "SU-CHAN"
ÇA ME RAPPELLERA SUGURU, APRÈS TOUT, C'EST TON PAPA
yep
C'EST DÉCIDÉ, AU PRINTEMPS PROCHAIN, JE PASSE VOIR MA FAMILLE ...
POUR DISCUTER AVEC EUX ...
LEUR PARLER DE MOI

DE CE QUE JE SUIS ...
ET PUIS, AYA SERA LÀ, À MES CÔTÉS
IL Y A BEAUCOUP DE JEUNES COUPLES, CE SOIR, DANS LA RUE ...
AH LÀ LÀ ...
STOP, OU JE VAIS FINIR PAR ME PLAINDRE !
bon, la boutique est bien fermée
...
BOBOM BOBOM
MAKOTO ?
OUI ?
HOP LÀ
MAIS ?!

AYA ...
TU SERAS TOUJOURS LA BIENVENUE ICI
MAIS J'ESPÈRE QUE BIENTÔT, ON SE VERRA SANS QUE J'AI BESOIN DE FAIRE TOUT CE CHEMIN !
ALLEZ
AU BOULOT ! ON A DU PAIN SUR LA PLANCHE !
HEIN ?! EUH, OUI !
?
TOI, JE VAIS T'APPELER "SU-CHAN"
ÇA ME RAPPELLERA SUGURU, APRÈS TOUT, C'EST TON PAPA
yep
C'EST DÉCIDÉ, AU PRINTEMPS PROCHAIN, JE PASSE VOIR MA FAMILLE ...
POUR DISCUTER AVEC EUX ...
LEUR PARLER DE MOI

DE CE QUE JE SUIS ...
ET PUIS, AYA SERA LÀ, À MES CÔTÉS
AH LÀ LÀ ...
IL Y A BEAUCOUP DE JEUNES COUPLES, CE SOIR, DANS LA RUE ...
STOP, OU JE VAIS FINIR PAR ME PLAINDRE !
bon, la boutique est bien fermée
...
BOBOM BOBOM
MAKOTO ?
OUI ?
HOP LÀ
MAIS ?!

* AU JAPON, LA SAINT-VALENTIN EST CENSÉE ÊTRE LE SEUL JOUR OÙ LES FILLES PEUVENT SE DÉCLARER À LEUR AMOUREUX, EN LUI OFFRANT DES CHOCOLATS.

c'est sublime !
QUEL ARTISTE ! COMMENT AS-TU RÉUSSI À FAIRE CETTE MERVEILLE ?
TU CONNAIS MON AMOUR POUR LE TISSU ...
EN FAIT, IL Y A AUTRE CHOSE, QUE JE ME SENS CAPABLE DE RÉALISER, ET SANS DOUTE MIEUX QUE QUICONQUE ...
J'AI BIEN CONSCIENCE QU'UN HOMME QUI COUD, CE N'EST PAS BIEN VU ...
CE N'EST PAS TRÈS VALORISANT, COMME PRATIQUER UN SPORT, MAIS C'EST TOUT CE QUE JE SAIS FAIRE
C'EST TE DONNER MON AMOUR, TOUT MON AMOUR ... SI TU L'ACCEPTES

OH ...
MAIS ...
NE DIS RIEN
ET RESTE TELLE QUE TU ES
C'EST MOI ...
QUI N'AIT PAS AGI COMME J'AURAIS DÛ ... JE N'OSAIS PAS AVOUER MES SENTIMENTS
ALLEZ ...
À DEMAIN !
GLING GLING
...
BLUSH
J'AI BIEN ENTENDU ?
JE N'AI PAS RÊVÉ ? C'ÉTAIT VRAIMENT SUGURU ?!
LA PANIQUE !

BOBOM BOBOM BOBOM
ARRÊTE !
CALME-TOI !
BOBOM
MAIS !
AH OUI, JE DOIS …
D'ABORD …
INSPIRE PROFONDÉMENT
ÇA VA ALLER
NE T'INQUIÈTE PAS
!
TU ES NULLE POUR JUGER LES HOMMES !
JE N'AVAIS JAMAIS …
RÉALISÉ À QUEL POINT …
SA PRÉSENCE À MES CÔTÉS ÉTAIT PRÉCIEUSE POUR MOI
JE PENSAIS QU'IL SERAIT TOUJOURS LÀ, À MES CÔTÉS …
JE N'AI PAS COMPRIS …
QUE, PEUT-ÊTRE …
…

FFH FFH
FFH FFH
BON SANG, QUELLE ÉPREUVE ! J'AI CRU QUE MON CŒUR ALLAIT EXPLOSER !
HAA
fouh !
ET DEMAIN ? COMMENT ME COMPORTER ?
SUGURUUU !
OUIIII ?
EFFRAYÉ !
MA ...
MAKOTO ?
SUGURU, TU ...
M'AT-TENDRE ...
JE ... OOOH
CE SERAIT BIEN QUE LES GENS RÉALISENT QUE TU ES UN GARÇON MERVEILLEUX

QU'ILS COMPRENNENT QUI TU ES VRAIMENT ...
DIIIING
DOOONG
OUI ?
CLAC
QUI EST-CE ?
TOI ?!
ET ALORS ?
ÇA T'ÉTONNE ?
C'EST QUI ?
hein ?
AYA ?!

SALUT ! TU PASSES NOUS DIRE BONJOUR ? TU AS FINI L'ÉCOLE ?
OUI ! J'AVAIS BESOIN DE RESPIRER, APRÈS LES COURS !
TAP
MAIS JE NE M'ATTENDAIS PAS À TROUVER QUI-TU-SAIS ICI !
BAH, J'IMAGINE QUE JE DOIS TE FÉLICITER !
DIS, TU VEUX BIEN ARRÊTER ?
ouh là là
...
ENFIN, C'EST MIEUX POUR TOUT LE MONDE !
APRÈS TOUT, JE TIENS À ÉVITER CERTAINS MALENTENDUS
FAITES DONC EN SORTE QUE ÇA DURE AU MOINS TROIS ANS !
du thé ?
POURQUOI ?
EH BIEN, SI SUGURU ET MOI VIVIONS ENSEMBLE, ON RISQUERAIT DE LE PRENDRE POUR UN PERVERS !
TU AS DONC POUR MISSION DE LE SERVIR ET LE PROTÉGER DIGNEMENT DES CAHOTS DE L'EXISTENCE... JUSQU'À CE QUE JE DEVIENNE UNE CRÉATURE DE RÊVE ET PAR CONSÉQUENT, SA PETITE AMIE
comme je suis très adulte, je peux admettre qu'il ait eu, avant moi, une autre femme dans sa vie

Double jeu/ fin

Ceux qui ont des ailes : spécial

La princesse des ténèbres

IL ÉTAIT UNE FOIS, DANS UN LOINTAIN ROYAUME ...
UNE PRINCESSE PRÉNOMMÉE "BLANCHE NEIGE" POUR SA BEAUTÉ D'UNE PURETÉ FLOCONNEUSE.
HÉLAS ...
la princesse (Shôka)
SLAAASH

RHAAAAA!
CELUI QUI BÂCLE LE BOULOT AURA DROIT À CENT TOURS DE CHÂTEAU AU PAS DE COURSE, C'EST COMPRIS ?!
LA DONZELLE ÉTAIT AUSSI DOTÉE D'UN EFFROYABLE CARACTÈRE QUE SUBISSAIT JOUR APRÈS JOUR LE PERSONNEL DE SON CHÂTEAU. CECI LUI VALUT LE SURNOM DE "PRINCESSE DES TÉNÈBRES"...
QUOI ? IL RESTE DE LA POUSSIÈRE ?
doigt princier
PAR... PARDON MAJESTÉ ! JE M'EN OCCUPE DE SUITE !
QUELLE IGNOMINIE !
MOI QUI SUIS SI FRAGILE DU CŒUR ! AVEC MA FAIBLE CONSTITUTION, JE RISQUE DE ...
SI VOTRE TÉNÉBREUSE GRAN... EUH, VOTRE GRANDEUR FAISAIT UN PEU MOINS LA BRINGUE, LA NUIT ...
arrière !
QU'OUÏS-JE ?
T'AURAIS-JE FROISSÉ ?
GLOUPS
le domestique (Kokusai)

POUR ME FAIRE PARDONNER, JE TE PROPOSE D'EXÉCUTER TOI-MÊME UN PETIT SAUT À L'ÉLASTIQUE !
DE CETTE HAUTEUR ?!
FLÛTE, J'AI ENCORE ÉTÉ MÉCHANTE AVEC MON DOMESTIQUE ...
ET SAVEZ-VOUS POURQUOI JE SUIS SI MALHEUREUSE ?
EN VÉRITÉ, SI JE SUIS AINSI ...
C'EST À CAUSE DE MON CŒUR, EMPLI DE TRISTESSE ...
PARCE QUE J'AI SOIF D'AMOUR !
JE MEURS D'ENVIE DE TOMBER AMOUREUSE D'UN HOMME QUI ME FERAIT OUBLIER L'EXISTENCE DU RESTE DU MONDE !
(S'IL POUVAIT, EN PLUS, ÊTRE GRAND, PAS TROP POILU, CULTIVÉ, ET BIEN SÛR, TRÈS BEAU, CE SERAIT PARFAIT !)
HA HA
HA HA
HA
AH ! MON PRINCE CHARMANT, OÙ TE CACHES-TU ? JE DÉSESPÈRE DE T'ATTENDRE !

VIENS DONC M'ARRACHER À MA TOUR D'IVOIRE !
PAF
TU ATTENDS QUOI, POUR SAUTER ? ALLEZ !
AAAAAAAAAIII !!
LA PRINCESSE AURAIT PU CONTINUER LONGTEMPS À VIVRE AINSI, HEUREUSE ET AIMÉE DE TOUS ...
MAIS SON BONHEUR ET L'AFFECTION QU'ELLE SUSCITAIT PROVOQUÈRENT LA JALOUSIE DE SA BELLE-MÈRE ...
AÏE ! NOTRE REDOUTABLE ALTESSE A ENCORE FAIT DES SIENNES !
le jardinier (Haru)
APPARTEMENTS ROYAUX
CETTE SITUATION NE PEUT PLUS DURER ! NOTRE PRINCESSE DÉPASSE LA MESURE !

SON HOSTILITÉ N'ÉPARGNE AUCUN DE NOS SUJETS, DONT ELLE N'HÉSITE PAS À TROUBLER L'EXISTENCE ...
EN FAISANT ÉCLATER DES PÉTARDS EN PLEINE NUIT, OU ENCORE EN ALLANT SONNER À LEUR PORTE, AVANT DE S'ENFUIR EN COURANT !
ET JE NE PARLE PAS DES INSULTES DONT ELLE LES ABREUVE ! DOIS-JE VOUS INFORMER QU'ELLE REPROCHE AU PEUPLE DE MOURIR DE FAIM SOUS PRÉTEXTE QU'IL N'APPRÉCIE GUÈRE LES PETITS FOURS ? BREF, SON COMPORTEMENT EST INADMISSIBLE !
EN EFFET, C'EST QUELQUE PEU PROBLÉMATIQUE ...
CEPENDANT, IL S'AGIT DE MA FILLE
le roi (Hiruto)
MAJESTÉ, COMPRENEZ-MOI BIEN ! SI ON NE L'ARRÊTE PAS, VOTRE COTE DE POPULARITÉ RISQUE DE CONTINUER À CHUTER !
SONDAGE : APPRÉCIEZ-VOUS LA FAMILLE ROYALE ?
PAS DU TOUT
PEUT-ÊTRE
SANS AVIS
AUTRES
le ministre (Toya)
MON CHER, JE COMPRENDS VOS RÉTICENCES, MAIS... EN TANT QUE BELLE-MÈRE, PEUT-ÊTRE AI-JE LE DROIT DE LA PUNIR ?
la reine (Fia)
ON DIRAIT QUE ÇA DEVIENT URGENT ...

- 4 -

Suite :
L'année prochaine, on pourra fêter les xx années de notre amitié. Après tout ce temps passé ensemble, on se connaît par cœur, jusqu'aux détails les plus honteux et autres bêtises que chacune a faites ! (Rires)
Je propose qu'à partir de maintenant, on renforce encore nos liens comme le souhaite xxxx.
(Ah ! Encore un secret qui ne sera pas révélé...)

À part ça, je suis en train de jouer au jeu vidéo "Personna 2", mais j'ai du mal à le terminer. En fait, je n'arrive pas à obtenir les cartes personna, du coup je suis à la traîne. J'aimerais bien pouvoir toutes les utiliser, elles sont fascinantes, non ?
Et puis, j'attends avec impatience "Tokimeki memorial 2" !
Je n'ai pas spécialement de personnage préféré, mais j'adore ce genre de jeu. Et je me languis aussi de la Play Station 2, qui ne va pas tarder à sortir (avec sans doute des tas d'autres jeux passionnants).
Je trouve que "Resident Evil 3" est atrocement effrayant ! (Rires)
Jill*, je te souhaite bien du courage !! (Rires)

* Nom du personnage principal du jeu en question.

SPOUF
C'EST QUOI, CETTE QUESTION DÉBILE ?!
VOUS ME FAITES PERDRE MON TEMPS ! LA RÉPONSE EST ÉVIDENTE : C'EST LA PRINCESSE DES TÉNÈBRES !!
la fée du miroir (Adélyte)
D'AILLEURS, UNE FILLE AUSSI MÉCHANTE NE MÉRITE PAS QU'ON L'APPELLE "PRINCESSE" ! ELLE TIENT PLUTÔT DU DANGER PUBLIC !!
HUM, CETTE OPINION N'ENGAGE QUE TOI ! MAIS BON, ON A BIEN COMPRIS QU'ELLE PORTAIT MALHEUR
VOUS VOYEZ, MAJESTÉ ! L'ATTITUDE DE NOTRE PRINCESSE DOIT CHANGER, ET CE ...
bien
AVANT QU'IL NE SOIT TROP TARD !
IL SUFFIRAIT DE LA FAIRE DISPARAÎTRE, NON ?
JE CRAINS QUE CETTE SOLUTION, BIEN QUE RADICALE, NE DONNE PAS DANS LA FACILITÉ !
ET PERSONNE N'A JAMAIS EXIGÉ DE VOUS UN TEL SACRIFICE !
c'est votre unique enfant, tout de même ...
...
elle s'ennuie ferme
CHER MINISTRE ...

CESSONS DE TERGIVERSER, SANS QUOI NOUS N'ABOUTIRONS JAMAIS À RIEN !
INCLINONS-NOUS DEVANT LA VOLONTÉ ROYALE
CERTES, MA REINE, MAIS C'EST UNE DÉCISION BIEN CRUELLE ...
JE PRÉFÈRE LA MORT SOUS LA TORTURE ...
VOTRE VOLONTÉ EST MIENNE, Ô MON ROI
VOYONS MAINTENANT, CONCRÈTEMENT ...
LE PLUS SIMPLE SERAIT DE L'ASSASSINER
oh !
des clémentines !
NON, TROP RAPIDE
LORSQUE JE PARLE DE TORTURE, J'ÉVOQUE CE SI DOUX SÉVICE ...
OÙ L'ON PRÉPARE D'ABORD UN BAC D'EAU BOUILLANTE, PUIS ...
pssst pssst
PITIÉ ! JE NE VEUX PAS EN ENTENDRE DAVANTAGE !!
ALLONS, VOS MAJESTÉS ! NE SOYEZ PAS SI DURS !!
c'est amer ...
CHER MINISTRE, TU ES DANS L'ERREUR
AINSI, LA REINE ALLAIT POUVOIR METTRE À EXÉCUTION SON IGNOBLE PROJET D'ASSASSINAT ...
ça s'épluche, d'abord, tu vois ?
tiens, des clémentines

m'assassiner ?
SACRÉ PAPA ! ET CETTE CHÈRE BELLE-MAMAN ! COMME SI J'ALLAIS ME LAISSER FAIRE !
LA PRINCESSE IGNORAIT TOUT, BIEN ÉVIDEMMENT, DU COMPLOT QUI SE TRAMAIT CONTRE ELLE
LE PLAN ÉTAIT DIABOLIQUE : UN TUEUR À GAGES, DÉGUISÉ EN CHASSEUR, SERAIT CHARGÉ DE LA BASSE BESOGNE
PRINCESSE ? VOUS DORMEZ ?
JE DORS FRAPPER S.V.P
À L'AUBE SUIVANTE ...
TOC TOC
CLAC
ÇA VOUS TENTE, UNE PETITE BALADE DANS LES BOIS ?
le chasseur (Yann)
SCHLING
ILS CROIENT POUVOIR SE DÉBARRASSER DE MOI COMME D'UNE VIEILLE CHAUSSETTE ? PARFAIT ! JE VAIS LEUR MONTRER DE QUEL BOIS JE ME CHAUFFE !
PAUVRE CRÉATURE ! UNE SI FRÊLE JEUNE FILLE, MENACÉE PAR UN TERRIBLE PÉRIL !

TADAM
AÏE !
AH !
LE CHASSEUR A-T-IL DÉJÀ ACHEVÉ SA TÂCHE ?
bâille
MMH ?
AÏEUH !
QUI DONC SE PERMET DE FAIRE DU VACARME DE SI BON MATIN ?
eh ! vous tous !
FAITES UN SEUL PAS, ET CE BEAU VISAGE NE SERA PLUS QU'UN LOINTAIN SOUVENIR !
HA HA HA HA !
COURAGE YANN !
LÂCHEZ-LE ! QU'ALLEZ-VOUS LUI FAIRE ?
hé hé
RESTE TRANQUILLE, MA JOLIE ! OU JE TE DÉCOUPE AUSSI SEC EN RONDELLES !
QUOI ?
YANN !!
OOOOOH !

ciel !
YANN ! TU ES UNE FILLE ?!
damned !
LES IMBÉCILES ! VOUS ALLEZ VOUS CALMER, OUI ?!
pardon ! on ne savait pas !
HA HA
HA HA HA HA HA HA
MAIS POURQUOI SE COMPLAIT-ELLE AINSI À FAIRE LE MAL ?!
bonjour
C'EST LA FILLE DE SON PÈRE, VOILÀ TOUT
ENFIN LIBRE ! J'AI PARFAITEMENT ORCHESTRÉ MA FUITE ! QUEL TALENT !
QUANT À TOI, J'ESPÈRE QUE QUELQU'UN VIENDRA TE SAUVER, UN JOUR, PEUT-ÊTRE ...
MAIS MAJESTÉ ... VOUS NE COMPTEZ PAS RENTRER AU CHÂTEAU ?
BIEN SÛR QUE NON !
J'AI PERDU ASSEZ DE TEMPS LÀ-BAS, À ATTENDRE MON PRINCE CHARMANT !

PUISQU'IL NE DAIGNE PAS VENIR À MOI, EH BIEN C'EST MOI QUI IRAI À LUI !
JE SUIS FIN PRÊTE POUR L'AVENTURE DU GRAND AMOUR !
MAIS …
TU DEVRAIS D'ABORD CHANGER DE CARACTÈRE, ÇA T'AIDERAIT PAS MAL …
CIAO !
LA PRINCESSE, SAUVÉE PAR L'HONNÊTE CHASSEUR, ERRA DES JOURS ET DES JOURS DANS LA FORÊT …
QUAND ENFIN, ELLE DÉCOUVRIT UNE ADORABLE CHAUMIÈRE TAPIE AU FOND DES BOIS
OH LÀ LÀ ! C'EST QUOI CE CABANON ?!

C'EST UN MIRACLE QUE CE TAUDIS TIENNE ENCORE DEBOUT !
BAM
ET CE LIT ! DUR COMME DU BOIS ! JE VAIS AVOIR MAL PARTOUT !
BERK ! C'EST TROP DÉGUEU !
SBLOF
LA LA LA
QUELLE JOURNÉE ! JE SUIS CONTENTE, J'AI BIEN TRAVAILLÉ !
CLAC
CRACRA
la bergère (Kotobuki)
HIIII !
C'EST QUOI CE FOUTOIR ? ON M'A CAMBRIOLÉE ?!
HÉÉÉ ?

QUI VA LÀ ?!
ciel !
AH, PAS LA PEINE DE CRIER ! À QUI AI-JE L'HONNEUR ?
JE M'APPELLE KOTOBUKI, ET J'HABITE ICI !
ET TOI, JE PEUX SAVOIR QUI TU ES ?!
MOI ? JE SUIS UNE PRINCESSE À LA RECHERCHE DU GRAND AMOUR
ET C'EST EN CHERCHANT UN GROS BIDULE QUE TU AS ATTERRI CHEZ MOI ?
NON, EN VÉRITÉ, J'AVAIS UNE RAISON TRÈS CONCRÈTE DE FAIRE UNE HALTE CHEZ TOI
SACHE QUE J'AI ERRÉ DES JOURS ENTIERS DANS LA FORÊT, ET QUE DEPUIS, JE SUIS ENTRE LA VIE ET LA MORT
JE DOIS DONC ME REPOSER, AFIN DE REPRENDRE DES FORCES !
JE COMPTE SUR TOI POUR BIEN T'OCCUPER DE MOI !
bon, j'appelle les flics !
EUH, ATTENDS UN PEU, TU PLAISANTES J'ESPÈRE ? TU NE VAS PAS TE RECOUCHER, QUAND MÊME ?

LA MAISON OÙ LA PRINCESSE AVAIT TROUVÉ REFUGE APPARTENAIT À UNE GENTILLE BERGÈRE
ET BIENTÔT, TOUTES DEUX SE LIÈRENT D'UNE PROFONDE AMITIÉ ...
KOTOBUKI ?
ET CE FUT LE DÉBUT D'UNE NOUVELLE VIE HEUREUSE
TU NE RENTRERAS PAS AVANT D'AVOIR VENDU TOUTES CES ALLUMETTES, O.K. ?!
HUM, TU TE TROMPES DE CONTE, LÀ ...
ÇA Y EST, JE L'AI LOCALISÉE ! ELLE EST DANS LA FORÊT !
C'EST UNE VRAIE MAUVAISE HERBE, CETTE FILLE ! IMPOSSIBLE D'EN VENIR À BOUT !
il paraît que les gens idiots sont les plus heureux, et si c'était vrai ?
pourtant, je n'arrête pas de croiser des imbéciles qui n'ont pas l'air ravi ! tiens, l'autre jour, j'ai vu ...
HÉLAS, JE NE PEUX QU'ACQUIESCER
LE MIEUX SERAIT À PRÉSENT DE L'ABATTRE SANS FIORITURES, AFIN D'ÊTRE SÛR DU RÉSULTAT ...

IL EST TEMPS D'ENVOYER UN NOUVEL ASSASSIN !
CETTE FOIS-CI, ÉLABORONS UN PLAN QUI TIENNE LA ROUTE, POUR ...
...
NON, SIR, PAS DE TORTURE ...
on ne l'a plus sous la main
MAIS JE N'AI ENCORE RIEN DIT
VOTRE ROYALE AURA SEMBLAIT POURTANT INDIQUER CLAI-REMENT VOS INTENTIONS
AH ! QUELLE JOURNÉE SPLENDIDE !
ÇA ME DONNE ENVIE DE MANGER DES SASHIMIS ! EH OUI, ÇA NE SE COMMANDE PAS, CES CHOSES-LÀ !
FRANCHEMENT, JE NE VOIS PAS LE RAPPORT !
et on est en pleine forêt

VLAN
TU AS INTÉRÊT À ME TROUVER DU POISSON POUR LE DÎNER !
QUEL MONSTRE !!
...
snif
JE DEVRAIS PEUT-ÊTRE REPARTIR, MA QUÊTE N'AVANCE PAS, ICI
BONJOUR ...
elle est sortie dans le jardin
euh ...
VOUS AIMEZ ...
marchand de pommes (Rikuro)
LES POMMES ?
POURQUOI TU VEUX QUE JE BOUFFE UNE POMME ?
GLOUPS !
elle préfère les garçons plus âgés qu'elle
MINCE ! ELLE A SÛREMENT DEVINÉ QUE J'ÉTAIS L'ASSASSIN ENVOYÉ PAR LE ROI !

OU PEUT-ÊTRE SE DOUTE-ELLE QUE LA POMME EST EMPOISONNÉE ?
la fameuse pomme
TANT PIS ! S'IL LE FAUT, JE FERAI SEMBLANT DE LA MANGER !
CRONCH
C'EST UN PEU MAIGRE, COMME PITANCE, MAIS C'EST MIEUX QUE RIEN !
URGGGL
OUF ! J'AI EU DE LA CHANCE DE TOMBER SUR UNE GOURDE !
je vous jure, quelle cruche !
HÉLAS ! NOTRE DÉLICATE PRINCESSE CROQUA DANS LA POMME EMPOISONNÉE !
DE SON CÔTÉ, LA BERGÈRE, IGNORANTE DU DRAME QUI SE JOUAIT À QUELQUES PAS DE LÀ ...
REVINT, AU COMBLE DU BONHEUR, AUPRÈS DE SON AMIE
DIRE QUE J'AI DÉPENSÉ TOUT MON ARGENT POUR ACHETER CES FICHUS POISSONS ...
pfouh
JE VAIS ÊTRE OBLIGÉE DE PRENDRE UN PETIT BOULOT, ET ÇA RISQUE D'EMPIÉTER SUR MON TEMPS DE SOMMEIL ...

quelle misère !
BONSOIR !
tiens ?
PRINCESSE ?
MAIS POURQUOI TU DORS ICI ? TU VAS T'ENRHUMER !
ET APRÈS TU M'OBLIGERAS À ALLER T'ACHETER DES MELONS, OU UN AUTRE TRUC SUPER CHER ! HÉ, RÉVEILLE-TOI !
...
HEIN ? AURAIT-ELLE ...
TRÉPASSÉ ?!
BONK

zut
C'EST PAS VRAI ?!
MAIS QU'EST-CE QUI S'EST PASSÉ ?!
OH NON !
QUE FAIRE ?
JE NE POURRAI JAMAIS ...
AVALER CE KILO DE POISSONS TOUTE SEULE ...
QUIIIIN !
JE T'EN PRIE, REVIS ! TES POISSONS T'ATTENDENT !
CE SERAIT VRAIMENT DU GÂCHIS !!
LA VUE DE LA PRINCESSE DÉFUNTE EMPLIT LA BERGÈRE D'UN PROFOND DÉSARROI
MAIS SOUDAIN ...
AH ...

APPARUT UN PRINCE CHARMANT, QUI PASSAIT PAR LÀ
le prince (Raïmon)
FLÛTE, J'AI PLUS DE CLOPES ...
PAS DE BOL ...
pff
pof
EH !
ATTENDS ! S'IL TE PLAÎT !
CETTE PRINCESSE, ELLE EST MORTE ET J'IGNORE POURQUOI, EST-CE QUE ...
BEN ENTERRE-LA !
HEIN ?! AH ... EUH, D'ACCORD MAIS ...
JE NE SUIS PAS SÛRE QUE C'EST CE QU'ELLE AURAIT VOULU !
DANS CE CAS, INCINÈRE-LA !

MAIS À CET INSTANT, LE PRINCE …
REGARDA LA PRINCESSE À LA DÉROBÉE, ET AUSSITÔT …
OH MAIS QU'ELLE EST MIGNONNE ! JE CROIS QUE JE T'AIME !
TOMBA FOLLEMENT AMOUREUX D'ELLE
TOI, DÉGAGE
ENFIN !
COMMENT T'APPELLES-TU ?
euh… KOTOBUKI … MAIS ATTENDS UN PEU !
KOTOBUKI, TU ES RAVISSANTE ! MARIONS-NOUS ! TU VERRAS, JE SAURAI TE RENDRE HEUREUSE !
ARGGG

lâche-moi !
quoi ?
MAIS... C'EST IMPOSSIBLE ! JE NE SUIS PAS HUMAINE, ET EN PLUS ...
BREF, JE NE PEUX PAS !!
TOI, TU N'ES PAS HUMAINE ?!
POURTANT, CE QUE J'AI SOUS LES YEUX M'A L'AIR ON NE PEUT PLUS FÉMININ !!
AAAAAAH !!
OH, J'APERÇOIS UNE MAISON, TOUT PRÈS !
TU POURRAIS M'Y MONTRER PLUS AVANT TON JOLI CORPS, NON ?
HEIN ? MAIS C'EST MA MAISON !
AAAH !
ET PUIS ARRÊTE DE ME TRIPOTER !
MAIS OÙ VAS-TU ? NE T'ENFUIS PAS !
AH, NON ! PAS ÇA ! ENLÈVE TA MAIN DE LÀ !

NOOOON !
FLASH
VAS-Y, RÉSISTE ! DÉFENDS TON HONNEUR AU PÉRIL DE TA VIE !!
SBLAM
PRENDS GARDE AUX HOMMES ! CES IDIOTS ONT VITE FAIT DE TE COLLER DE TROP PRÈS !!
mouais
MAIS AVEC DEUX POMMES, PAS SÛR QUE JE M'EN SERAIS SORTIE !
HUM, JE VOIS ...
PFUARK!
PRINCESSE ! TU ES RÉVEILLÉE ...
ET TOI, LE BELLÂTRE, UN PEU DE TENUE, QUE DIABLE !
JE N'AI JAMAIS VU UN PRINCE CHARMANT AUSSI PORTÉ SUR LA CHOSE !!

AH OUI ? VOILÀ CE QU'IL TE DIT, LE PRINCE CHARMANT !
PAAF
BON, ON EN ÉTAIT OÙ ?
IL SUFFIT !
goujat !
tu sais que tu m'as fait mal ?
COMMENT AS-TU OSÉ PORTER LA MAIN SUR MOI ? JE SUIS UNE PRINCESSE !
DIFFICILE À DEVINER, VU COMMENT TU TE COMPORTES !
EH MAIS ...
C'EST TOI, LA FAMEUSE PRINCESSE DES TÉNÈBRES ?
FAMEUSE ?
J'AI VU QUE LES AUTORITÉS DE TON PAYS OFFRAIENT UNE RÉCOMPENSE À QUI TE CAPTURERA ...
elle se rhabille
...

C'EST MON JOUR DE CHANCE, ON DIRAIT ! JE TOMBE SUR LA FEMME DE MA VIE, ET EN PLUS JE VAIS ME FAIRE UN JOLI PAQUET DE BLÉ !
NOUS VOILÀ SOUS SON EMPRISE !
dans une couette
LA PRINCESSE, REVENUE À LA VIE GRÂCE AU LANGOUREUX BAISER DU PRINCE AMOUREUX ...
RETOURNA EN SON ROYAUME ET RETROUVA LES SIENS
...
DITES, VOUS NE SERIEZ PAS LE PRINCE FUGUEUR DU PAYS VOISIN, PAR HASARD ?
C'EST LA PRINCESSE !
ÇA ALORS !
QUELLE DRÔLE DE ROBE ...
SI. J'ÉTAIS À COURT D'ARGENT POUR ACHETER DES CLOPES, MAIS ÇA VA S'ARRANGER ...
PUISQUE JE VOUS LIVRE VOTRE PRINCESSE. ALORS, CETTE RÉCOMPENSE ?
IL ME TRAHIT POUR ... DES CIGARETTES ?! C'EST DONC TOUT CE QUE JE VAUX ?!
CIGARETTES
FUMER TUE
bonne comparaison !
BON, JE N'AIME PAS TUER LES GENS, ALORS, JE VOUS LA LAISSE EN L'ÉTAT, AU CAS OÙ VOUS VOUDRIEZ L'EXÉCUTER ...

J'EN AI MARRE, À LA FIN ! POURQUOI VOUS ME FORCEZ À ÊTRE MÉCHANTE ?!
SRAASH
oooh !
POUR UNE FOIS QUE JE N'AVAIS RIEN FAIT !
MAIS LES HOMMES QUE JE CROISE SONT TOUS DE SOMBRES CRÉTINS !
ET POUR COURONNER LE TOUT, MON PÈRE EST UN SADIQUE !
J'ÉTAIS JUSTE À LA RECHERCHE DU GRAND AMOUR, MOI !!
QUELLE ÉMOUVANTE CONFESSION !
c'est vrai
JE PRÉFÈRE LE TERME DE MONSTRE
AHH
TRÈS BIEN, JE CROIS QUE J'AI COMPRIS ! PERSONNE NE M'AIMERA JAMAIS, C'EST ÇA ?
JE NE MANQUERAI À AUCUN ÊTRE EN CE MONDE ! ALORS, DANS CE CAS ...
JE N'AI PLUS QU'À ME FAIRE EXPLOSER, ET VOUS AVEC !
HI HI HI !
BON, ÇA SUFFIT !!

BONG
ON SE CALME !
C'EST QUI ?
LE JARDINIER. MAIS POURQUOI IL LUI FILE UN COUP DE BOULE ?
C'EST PEUT-ÊTRE SA MANIÈRE DE SALUER ?
aïeuh !!
VOUS N'ÊTES PAS TRÈS HEUREUSE, C'EST CERTAIN ...
MAIS NE SOYEZ PAS SI DURE ...
AVEC VOUS, COMME AVEC LES AUTRES ... SI VOUS PERSISTEZ DANS CETTE VOIE, VOUS FINIREZ TRISTE ET AIGRIE
VOUS SAVEZ, L'AMOUR, LE VRAI ...
ON LE RENCONTRE PEUT-ÊTRE UNE SEULE FOIS, DANS TOUTE UNE VIE

SOYEZ PLUS SEREINE, ET COMMENCEZ PAR REGARDER LE MONDE QUI VOUS ENTOURE ...
OU VOUS NE SEREZ JAMAIS CAPABLE DE VOIR PLUS LOIN QUE LE BOUT DE VOTRE NEZ
bou
BOOOOUUUH !
MAIS PERSONNE NE SUT JAMAIS SI C'ÉTAIT À CAUSE DES REMONTRANCES, OU DU MAL DE CRÂNE PROVOQUÉ PAR LE MONUMENTAL COUP DE BOULE DU JARDINIER
ET POUR LA PREMIÈRE FOIS DE SA JEUNE VIE, LA PRINCESSE PLEURA ...
ELLE SONGEA ALORS QUE L'AMOUR, QU'ELLE AVAIT CHERCHÉ PAR MONTS ET PAR VAUX, SE TROUVAIT PEUT-ÊTRE TOUT PRÈS D'ELLE ...
POURQUOI TU FINIS L'HISTOIRE ?
TOUT COMME LE BONHEUR DE KOTOBUKI SE TROUVAIT JUSTE À PORTÉE DE MAIN ! ♡
AH, VOILÀ OÙ TU VOULAIS EN VENIR ...

FLAP
IL RESTE NÉANMOINS QUE NOUS DEVONS PUNIR LA PRINCESSE
VOTRE MAJESTÉ ? UNE IDÉE ?
DIS DONC, TOI ...
TU ES DRÔLEMENT MIGNONNE ! TU ME FAIS PENSER À UN FRUIT À PEINE MÛR ...
J'AI BIEN ENVIE DE TE CROQUER !
COMMENT ?!
LE ROI OSE DRAGUER SOUS LE NEZ DE LA REINE ?!
ELLE EST À MOI, JE NE LA PARTAGE PAS
C'EST DE MOI QU'IL PARLE ?
OH, TU SAIS, JE NE VAIS PAS CHIPOTER ! UNE BOUCHÉE ME CONTENTERAIT ...
ce serait toujours ça de pris

La princesse des ténèbres / fin

CHERS LECTEURS,
CHÈRES LECTRICES,

NOUS AVONS LE PLAISIR DE VOUS PRÉSENTER LES PREMIÈRES PAGES DE *DÉMONS ET CHIMÈRES*, LA NOUVELLE SÉRIE DE NATSUKI TAKAYA PROCHAINEMENT ÉDITÉE PAR DELCOURT-AKATA.

NOUS VOUS INVITONS À DÉCOUVRIR LE PREMIER TOME DE CE MANGA DÈS NOVEMBRE 2007.

BONNE LECTURE À TOUS !

L'ÉQUIPE MANGA

DÉMONS ET CHIMÈRES

AHH ...
AP-PELEZ UNE AMBU-LANCE !
VITE !!
QU'EST-CE QUI S'EST PASSÉ ?!
JE ... JE N'EN SAIS RIEN
AAAH ! AU SE-COURS !
ET TORII, ELLE ...
N'EST PAS BLESSÉE ?
TOUT D'UN COUP, IL ...
FFH !
DÉMONS ET CHIMÈRES
FFH !
FFH !
AAH ...

AHH !
NON !
NON !
MAIS SI !
VOYONS, TU SAIS BIEN, POURTANT, QUE TU NE PEUX RIEN CONTRE MOI !
DÉMONS ET CHIMÈRES
JE NE PEUX DONC PAS FUIR ?
JE DOIS EXPIER MA FAUTE ? MAIS JUSQU'À QUAND ?

TAMAKIII !
YOUHOOOU ! TAMAKIIII !

PAF
MAIS VEUX-TU BIEN TE TAIRE, ASAHI ?!
OUILLE !
J'AI DÛ ME LEVER À CINQ HEURES DU MATIN POUR TRAVAILLER MES INCANTATIONS !
ALORS ÉVITE DE ME TAPER SUR LES NERFS !
COMPRIS ?
TAMA-KIIIII !
TU ES LÀÀÀÀÀÀ ?
MAIS QUELLE FOLIE S'EST ENCORE EMPARÉE DE MON FILS !
POM
ah
BONJOUR, MADAME
quel être cruel !
MAIS J'ATTENDS DEPUIS VINGT MINUTES !
TU N'AIMES PAS M'ATTENDRE ? POURTANT, C'EST UN HONNEUR QUE JE TE FAIS LÀ !
c'est un peu beaucoup, non ?
et arrête de me fixer avec ces yeux immenses !

* AU JAPON, LE MARIAGE DES RELIGIEUX (NON CATHOLIQUES, BIEN SÛR) EST AUTORISÉ.

DE TOUTE FAÇON, ÇA NE ME CONCERNE PAS
ATTENDS-MOI !
EUH, AU REVOIR ET BONNE JOURNÉE !
OUI, BONNE JOURNÉE À VOUS DEUX
...
QUAND MON FILS PRENDRA-T-IL ... CONSCIENCE DE SON POUVOIR ?
IL A AUSSI ...
HÉRITÉ D'UN DON ...
POUR LE MOINS ÉTRANGE
JE SUIS EXTÉNUÉ !
C'EST TRÈS COURAGEUX DE TA PART DE T'ENTRAÎNER TOUS LES MATINS !
ASAHI ...
PARDON POUR TOUT À L'HEURE, JE N'AURAIS PAS DÛ TE FRAPPER
je sais que je te le dis à chaque fois, mais bon

TAMAKI EST QUELQU'UN DE TRÈS PRÉCIEUX POUR MOI
SANS LUI, JE ME SENTIRAI TERRIBLEMENT SEULE ... EN EFFET, MON PÈRE EST MORT ET MA MÈRE N'EST JAMAIS À LA MAISON
QUAND ON SERA ARRIVÉS, TU ME MONTRERAS LE DEVOIR DE PHYSIQUE, DIS ?
ÇA NE T'EST JAMAIS VENU À L'IDÉE DE FAIRE TES EXERCICES TOUTE SEULE ?
SI, MAIS C'EST BIEN TROP DUR !
j'y passerai ma vie !
SA SIMPLE PRÉSENCE SUFFIT À ME RENDRE HEUREUSE
ASAHI !
TAMAKI T'A ENCORE FRAPPÉE ?!
TU AS DES PANSEMENTS PLEIN LA TÊTE
hein ?!
ENFIN, C'EST MONSTRUEUX !
POURQUOI TU RESTES AVEC LUI ?!
COMMENT TU AS DEVINÉ ?!
hum hum
NE TE FIE PAS AUX APPARENCES ...
JE PEUX T'ASSURER QUE ...
C'EST QUELQU'UN DE RÉELLEMENT MERVEILLEUX

CLAP
JE CROIS SURTOUT QUE TU DEVRAIS TE FAIRE SOIGNER !
S'IL VOUS PLAÎT, ASSEYEZ-VOUS !
AVANT DE COMMENCER LE COURS, JE VOUS PRÉSENTE UNE NOUVELLE ÉLÈVE
UNE NOUVELLE ?
VIENS ...
ENTRE !
JE VOUS DEMANDE D'ACCUEILLIR MITSURU TORII ...
QUI NOUS VIENT DU LYCÉE TODA
MITSURU ?!

TAMAKI, TU AS VU ?
URRG !
ÉCRASE
C'EST MITSURU ! TU TE SOUVIENS D'ELLE ?
TIENS-TOI TRANQUILLE !
OK
C'EST MA MITSURU !!
ON JOUAIT ENSEMBLE QUAND ON ÉTAIT PETITS !
TU T'EN RAPPELLES ?
C'EST BON, J'AI COMPRIS ALORS ...
ÇA T'INSPIRE QUELQUE CHOSE ...
TAMAKI ?
DRIIIIIIING
DRIIIIIIING

MIT-SURU ?
EH, MITSU...
DIS DONC, TU AS DES CHEVEUX MAGNIFIQUES !
PAM
EUH ...
MIT-SURU ?
MAIS ...
?
TAP
OÙ VAS-TU ?
!
ASAHI !
MIT-SURU !!

* "HINA" SIGNIFIE "PASSION" EN JAPONAIS.

NON !
ÉCARTE-TOI !!
PAF
MAIS ?!
VLUUU
OUH LÀ ...
LÀÀ ...
OUPS
POUM
AUSSI GAUCHE QU'UN POUSSIN, EN EFFET !
OOOH
ÇA DEVIENT DANGEREUX
surtout si tu joues les empotées
MITSURU ...

NON ...
NE SORS PAS DE MON CORPS ...
CETTE AURA LUGUBRE ...
MAIS QU'EST-CE QUI ...
JE T'EN PRIE !
CE FROID INTENSE ...
NE LEUR FAIS PAS DE MAL !

C'EST L'ESPRIT DU MAL !
CHAP
TA-MAKI ?! QU'EST-CE QUE …
!!
ILS ONT COMPRIS !

!!
MIT-SURU ! ATTENDS !!
...
TAMAKI, TU AVAIS ...
TON CHAPELET AVEC TOI ?
ALORS ÇA EXPLIQUE CE QUI VIENT DE SE PASSER ...
BIEN SÛR ...
TAMAKI EST DÉTENTEUR D'UN POUVOIR QUE SEULS POSSÈDENT LES HÉRITIERS DU CLAN OTOYA ...

SA MAGIE LUI PERMET DE CRÉER UN CERCLE SACRÉ, SOUS-TENDU PAR DES LIGNES D'ÉNERGIE FORMANT UNE ÉTOILE À SEPT BRANCHES ...
ENSUITE, IL RÉCITE UNE INCANTATION AFIN D'INVOQUER LE "GARDIEN DE LA LOI CÉLESTE", UNE ENTITÉ DIVINE QUI L'AIDE DANS L'ACCOMPLISSEMENT DE SA MISSION
TAMAKI EST DORÉNAVANT LA SEULE ET UNIQUE PERSONNE CAPABLE DE RECOURIR À CETTE PUISSANCE PROTECTRICE
ASAHI, SAIS-TU À QUOI SERVENT LES EXORCISTES ?
EUH ... J'AVOUE QUE ...
AS-TU DÉJÀ ENTENDU PARLÉ DES DÉMONS ?
LES ÊTRE HUMAINS SONT PARFOIS DOMINÉS PAR DES MAUVAISES PENSÉES QUI LEUR DÉVORENT LE CŒUR ...
ILS SE TRANSFORMENT ALORS PEU À PEU EN DÉMONS, ET DÉVELOPPENT DES POUVOIRS DANGEREUX ...
JE VOIS ...
AUJOURD'HUI, TU AS COMPRIS CE QUI S'EST PASSÉ AVEC MITSURU, N'EST-CE PAS ?
IL RESTE NÉANMOINS UN MYSTÈRE À ÉCLAIRCIR ... POURQUOI S'EST-ELLE MÉTAMORPHOSÉE ?

MAIS ... VOUS SAVIEZ CE QUI ALLAIT SE PRODUIRE ?
EN TANT QU'ÉPOUSE D'UN MEMBRE DE LA FAMILLE OTOYA, J'AI ACQUIS SUFFISAMMENT DE PRESCIENCE POUR LE DEVINER
TAMAKI
TU DOIS SAVOIR UNE CHOSE ... TON SANG ATTIRERA TOUJOURS LES DÉMONS ...
ET TU N'Y PEUX RIEN, C'EST AINSI !
J'AI APERÇU UNE OMBRE ...
IL Y AVAIT QUELQUE CHOSE, CACHÉ DERRIÈRE MITSURU ...
CE SERAIT ÇA, L'ESPRIT DU MAL ?
MAIS POURQUOI ?!
C'EST COMME ÇA !
JE NE VEUX PLUS, C'EST TOUT !!

JE NE LA LAISSERAI PLUS JAMAIS M'APPROCHER !
C'EST TERMINÉ ...
CES JOURS HEUREUX APPARTIENNENT DÉSORMAIS AU PASSÉ !
DRIIIIING
ENFIN ! JE MEURS DE FAIM !
TU MANGES AVEC TAMAKI ?
OUI
EH, MITSURU !
TU VIENS DÉJEUNER AVEC NOUS ?
TOOOOM
...
NE VOUS OCCUPEZ PAS DE MOI, ÇA VAUDRA MIEUX

AH BON ...
O.K. !
NON MAIS, ELLE SE PREND POUR QUI, CELLE-LÀ ?
ELLE EST DRÔLEMENT FROIDE ...
...
JE NE M'ATTENDAIS PAS À LA RETROUVER CHANGÉE À CE POINT ...
J'AI POURTANT TELLEMENT DÉSIRÉ LA REVOIR !
ELLE ÉTAIT COMME UNE SŒUR POUR MOI ...

C'EST GRÂCE À ELLE ET À TAMAKI, QU'À CETTE ÉPOQUE-LÀ ...
J'AI PU GARDER LE SOURIRE
TOUS LES TROIS, NOUS JOUIONS TOUJOURS ENSEMBLE ...
DANS LA FORÊT DE BAMBOUS DERRIÈRE LE TEMPLE DE TAMAKI
HINA !
HINA, VIENS !
JE T'ADORE, MITSURU !
AH OUI ? MAIS C'EST TAMAKI QUE TU PRÉFÈRES, NON ?
PETITE COQUINE !
TAMAKI, C'EST MON AMOUREUX ...
ET TOI, TU ES MON AMIE !
MAIS, C'EST VRAAAI !

TU N'AS PAS DU TOUT CHANGÉ !
TU PENSES ...
À MITSURU, N'EST-CE PAS ?
ELLE AVAIT L'AIR TELLEMENT EFFRAYÉE ! JE CROIS QU'ELLE EST TERRORISÉE !
MAIS DE QUOI A-T-ELLE PEUR ?
ELLE ...

...
TAMAKI ...
MAIS POURQUOI TU M'EMBRASSES, TOUT D'UN COUP ? CE N'EST PAS QUE ÇA ME DÉRANGE, AU CONTRAIRE, MAIS ...
C'EST JUSTE UN RÉFLEXE, COMME NOS TÊTES SE SONT RAPPROCHÉES ...
EUH... UN INSTANT, LES ENFANTS !
quo ?!
COMMENT ÇA, UN RÉFLEXE ?! ÇA VEUT DIRE QUE TU L'AURAIS FAIT ...
AVEC N'IMPORTE QUELLE FILLE, C'EST BIEN ÇA ?!
CECI DIT, TOI AUSSI, TU ES UNE FILLE, NON ?
ET ALORS, TU PRÉFÉRERAIS QUE JE SOIS UN GARÇON ?!
je rêve !

LÀ, À CET INSTANT, JE POURRAIS INVOQUER
LE GARDIEN DE LA LOI CÊLESTE ...
TOC
MAIS ...
MÊME SI J'Y PARVIENS ...
TAMAKI, ÇA NE VA PAS ?
QU'EST-CE QUI T'ARRIVE ?!
JE SENS L'AURA DE MITSURU !
MAIS RÉPONDS-MOI !
TU M'ENTENDS ?
À SUIVRE...

Genei Musou by Natsuki Takaya

First published in Japan in 1996 by HAKUSENSHA, INC., Tokyo
French language translation rights in France arranged with HAKUSENSHA, INC., Tokyo
through TOHAN CORPORATION, Tokyo

Supervision éditoriale : Akata

Dépôt légal : novembre 2007. I.S.B.N. : 978-2-7560-0905-6
Première édition.

Traduction : Victoria-Tom
Adaptation : Nathalie Bougon
Adaptation graphique : Erwan Charlès
Conception graphique : Trait pour Trait

Imprimé et relié en octobre 2007
sur les presses de l'imprimerie Aubin, à Ligugé.

www.akata.fr
www.editions-delcourt.fr

Boku Ga Utau To Kimi Ha Warau kara by Nasuki Takaya

First published in Japan in 1999 by HAKSENSHA, INC., Tokyo
French language translation rights in Frace arranged with HAKUSENSHA, INC., Tokyo through TOHAN CORPORATION, kyo

Supervision éditoriale : Akata

Dépôt légal : septembre 2007. I.S.B.N. : 9-2-7560-0904-9
Première édition.

Traduction : Victoria-Tom
Adaptation : Nathalie Bougon
Adaptation graphique : Erwan Charlès
Conception graphique : Trait pour Trait

Imprimé et relié en août 2007
sur les presses de l'imprimerie Aubin, à Lig

www.akata.fr
www.editions-delcourt.fr